代国际诗坛

temporary International Poetry

vol. 10

主编
唐晓渡 西川 刘文飞

作家出版社

卷首语

唐晓渡　刘文飞

在“静默”了差不多整整四年之后，《当代国际诗坛》经改版又与大家见面了。

自2007年创刊，十五年来发生类似的状况这是第三次，也是历时最长的一次；每一次都是出于“不得不”的缘由，具体不说也罢，你懂的。好在我们从一开始就不缺少某种相关的命运感，又相信“吉人自有天相”，倒也不会因此就被折了心志。有朋友将《当代国际诗坛》历九期十卷（另有一卷《中日当代诗歌对话特辑》）的命运轨迹喻为一连串的破折号，甚为传神；更通达一点，也可以将每一个破折号的区间，都视为一次锻炼肺活量的深潜／换气循环动作。如此说来，此次“静默”的时间最长，存气最多，必也意味着一个更长时段的平稳运行。

这同时也揭示了所谓“吉人自有天相”的真义。如果说它表明冥冥中确实存在某种佑护之力的话，那么这佑护之力其实一点也不神秘：它就是十五年来编者、读者，以及背后默默的支持者，所有人围绕一本公益性的诗歌读物结成的薪火共同体。事实上，即使是在暂停出版的期间，这薪火也一直在我们之间心心相印地传递，片刻也没有止歇；我们当然可以相信，改版后的《当代国际诗坛》由首都师范大学外国诗歌研究中心联袂中国诗歌学会共同主办，必能承续其基因和使命，拓展出中外诗歌交流和互鉴更为璀灿的前景。

本刊创刊号卷首语曾对本刊的性质做了这样的说明：“当代。国际。丰富。高端。一个开放的、全视野的多向互动平台，以服务于中国当代诗歌的繁荣和发展——这是认知《当代国际诗坛》的一系列关键词，也是我们的职责所在和努力方向。”改版后的本刊仍将坚持这样的宗旨。

《当代国际诗坛》编委会和咨询顾问委员会总体保持原有组成，略有增补。让我们十分伤感的是，近十余年间，本刊编委会和咨询顾问委员会中已有近十位先生和女士永远地离开了我们，他们是：编委张枣（1962—2010）和胡续冬（1974—2021），咨询顾问委员彭燕郊（1920—2008）、布里塞尼奥·格雷罗（1929—2014）、高莽（1926—2017）、余光中（1928—2017）、叶廷芳（1936—2021）和郑敏（1920—2022）。让我们向逝者表示深切的缅怀和崇高的敬意，愿他们在天堂有诗歌陪伴！

《当代国际诗坛》是对当代国际诗歌的及时译介和跟踪研究，同时也是对外国诗歌的当代阐释和当下解读。首都师范大学外国诗歌研究中心与商务印书馆合作，拟出版一套“双语对照外国诗丛”，分别从英语、俄语、法语、德语、西班牙语和日语诗歌中精选一百首名诗，分为六卷出版。本期《当代国际诗坛》特选登其中三卷的序言暨诗作各二十首，以同时展现西班牙语、俄语和日语诗歌的历史脉络和最佳诗作。在下一期，我们还将编发英语、法语、德语卷的序言和译诗。布罗茨基曾为他的一组诗取名《语言的部分》(Часть речи)，后来他又用这个词组做了一部诗集的题目，布罗茨基意在表明：诗歌就是话语的一部分，是语言的一部分。同样，每个语种的诗歌也都是世界诗歌的一个组成部分。

张桃洲先生译的巴克斯特诗最近在诗坛引起了关注，我们特约请他为本刊编译一份“巴克斯特专辑”，以使这位新西兰诗人的创作在汉语中获得更全面的呈现。傅浩先生新译以色列诗人阿米亥诗十九首，让我们有机会再次重温中国诗人和读者熟悉的这位诗歌大师。

本期还刊出欧阳江河先生的一篇访谈和胡蔚女士的一篇综述，旨在凸显中国当代诗人和学者与当代外国诗歌之间持续的互动、互文关系。2022年5月14日，本刊新一届编委会举办了一次线上会议，各位编委畅所欲言，本期特刊出本次会议纪要，让各位与会编委的网上高论留痕纸面。

目 录

诗歌之桥

国际诗坛动态

西班牙语诗歌小史

赵振江

一

众所周知，西班牙语是从民间拉丁语演变而来。人们原以为形成于12世纪中叶的《熙德之歌》是西班牙最早的诗歌，直至1948年，才发现11世纪上半叶混居在阿拉伯人中间的西班牙人创作的“哈尔恰”（Jarcha），是西班牙语诗歌的源头，也是西欧最早的抒情诗。

《熙德之歌》是西班牙现存最古老的文学作品，约作于1140年，是唯一一部流传下来的较为完整的卡斯蒂利亚语英雄史诗，因而受西班牙人珍视与喜爱。

贡萨罗·德·贝尔塞奥（约1196—1252）是西班牙第一位留下名姓的诗人。他是一位世俗教士，曾在圣米良修道院做书记员。在14世纪的西班牙诗坛出现了一部传世之作：伊塔大祭司胡安·鲁易斯（1283—1350）的《真爱之书》，但人们对作者的身世几乎一无所知。作品完成于1330年，1343年又加以扩充，它是西班牙中世纪最重要的长诗。全诗长七千余行，通过一个虚构的经历，叙述了十二个爱情故事。书名表示作者要把“真爱”与“肉欲”区分开来，但在训诫式地颂扬精神恋爱的同时，却津津乐道地描述了男欢女爱的细节。

15世纪的重要诗人是桑蒂利亚纳侯爵（1398—1458），他原名伊尼戈·洛佩斯·德·门多萨，是当时重要的人文主义者和政治人物。他创作了西班牙第一批十四行诗，也创作了一些训诫诗和寓言诗，但真正使他获得声誉的是他的十首山歌（Serranilla）及其为诗集所作的序言。15世纪另一位著名诗人是豪尔赫·曼里克（1440—1478）。他虽然写过一些当时流行的情歌，但使他闻名诗坛的却只有一首由四十节“跛足歌谣”组成的《悼父谣》，洋洋洒洒，情真意切，堪称传世之作，也使“跛足歌谣”这种诗体化作了永恒。

从16世纪初至17世纪末，即从1500年（卡洛斯五世诞生）至1681年（卡尔德隆逝世）这段时间称作西班牙文学的“黄金世纪”。

西班牙于1492年攻克了摩尔人的最后一个堡垒（格拉纳达），在完成“光复运动”的基础上形成了统一的国家并向外扩张。同年，在“天主教双王”的支持下，哥伦布开始了自己的海上探险活动。1516年，费尔南多一世的外孙卡洛斯一世（又称查理五世）登基，继任西班牙国王；1519年，卡洛斯一世的外祖父、德国皇帝马克西米连去世，他又继承了德国帝位，从而使西班牙成了横跨欧美与北非的名副其实的日不落帝国。经济的增长，外贸的扩充，银行和手工业的发展以及文艺复兴的影响，这一切促进了西班牙文学的繁荣，这便是色彩纷呈、人才辈出的“黄金世纪”产生的历史背景。

就诗歌而言，直至16世纪中叶，诗人们都在因袭1511年出版的《歌谣总集》的传统，基本上是八音节的诗句。博斯坎使这种情况发生了变化，从意大利引进了十一音节的十四行诗，在中世纪的诗歌观念中嵌入了文艺复兴的情感和语言。从此，八音节和十一音节的诗句在西班牙诗坛上并行不悖，经久不衰。

在“黄金世纪”众多令世人瞩目的作家和诗人中，塞万提斯和洛佩·德·维加无疑是最著名的，也是我们最熟悉的。前者为我们塑造了一个闻名遐迩的典型人物——堂吉诃德，后者一生创作了一千八百余部剧作，流传下来的也有四百七十部之多。塞万提斯和洛佩·德·维加都有诗歌创作，不过无法与他们在小说和戏剧方面的创作相提并论。

“黄金世纪”的诗歌创作可以分为两个时期：文艺复兴时期和巴洛克时期。文艺复兴时期以博斯坎和卡斯蒂耶霍为开端。尤其是博斯坎，他和加尔西拉索·德拉·维加一道，将意大利的十一音节诗歌（尤其是十四行诗）引入西班牙诗坛。博斯坎曾创作了一部彼特拉克式的集子，其作品全是意大利式的十四行诗和歌谣。卡斯蒂耶霍在表面上虽然反对这种“离经叛道”，但他所作的“跛足歌谣”却具有明显的文艺复兴时期的特征。当然，对西班牙诗坛做出革命性贡献的要数加尔西拉索·德拉·维加。在博斯坎和维加的追随者中，后来出现了萨拉曼卡和塞维利亚两派。分别以路易斯·德·莱昂和费尔南多·德·埃雷拉为代表。莱昂是新拉丁派诗人，在语义的拉丁化方面继承了加尔西拉索的传统，不过他的诗歌更倾向于道德教化，他表达的不是世俗精神，而是一种柏拉图和基督教的人文主义，这是西班牙文艺复兴时期特有的精神冲突。莱昂的诗歌创作与他的生活经历是分不开的：萨拉曼卡的宗教使命和巴亚多利德的铁窗生涯都在他的诗中留下了鲜明的痕迹。萨拉曼卡派的诗人还有弗朗西斯科·德·阿尔达纳、弗朗西斯科·德·拉托雷、弗朗西斯科·梅德拉诺等。与萨拉曼卡派相比，塞维利亚派则更注重形式的完美和辞藻的华丽，这可能与当地深厚的文化基础有关。埃雷拉是新彼德拉克主义诗人，他的创作灵感来自赫尔维斯伯爵夫人，他的许多诗作都是献给这位高傲女性的。塞维利亚派的其他诗人有巴尔塔萨尔·德尔·阿尔卡萨尔、弗朗西斯科·德·里奥哈和罗德里戈·卡罗等。此外，在这个时期还有一位与加尔西拉索·德·拉·维加和路易斯·德·莱昂齐名的诗人——胡安·德·叶佩斯即圣胡安·德拉·克鲁斯。他和其教友圣特雷莎·德·赫苏斯是西班牙神秘主义诗人的杰出代表。

Luis de Leon 路易斯·德·莱昂

进入17世纪以后，西班牙虽然从海外聚敛了大量财富，表面上依然是个强大帝国，但经济的发展已然停滞，国势日渐衰退，国王们只顾享乐，宠臣们为所欲为，这种现象在艺术（尤其是建筑）和文学（尤其是诗歌）方面的反映便是巴洛克风格的产生。诗人们通过艺术上的极度夸张来回避眼前的现实，排遣自己的不满与空虚，巴洛克风格成为17世纪西班牙诗歌的主流。这个时期三位最重要的诗人是路易斯·德·贡戈拉、洛佩·德·维加和弗朗西斯科·德·克维多。就这三位诗人而言，评论家们认为洛佩·德·维加的巴洛克风格最为平和。他在创作传统诗歌的过程中革新了谣曲，对音乐小品进行模仿，从而发展了加尔西拉索经典中的感情色彩，并在自然风趣的变化中注入了自身经历的因素。他的十四行诗内容丰富、仪态万千。他的宗教诗具有布道意味，很像民间祈祷。他那些富于哲理性的谣曲堪称出类拔萃，其作品的数量和多样性是世所罕见的，难怪塞万提斯称他为“造化之精灵”。与洛佩·德·维加不同的是，另外两位巴洛克大师都更具个性。贡戈拉将文艺复兴时期的经典发展到了极致，以至形成了一个全新的流派。他将加尔西拉索和路易斯·德·莱昂的拉丁化的语义演变到了离奇古怪的程度，使后人几乎无法读懂他的某些诗篇。在《波吕斐摩斯和加拉特亚的寓言》与《孤独》中，就镶嵌着许多倒置的句式、稀奇的类比、古怪的语汇和令人费解的隐喻。这两部诗作一经面世便引起强烈的反响。虽然褒贬不一，但人们无不称其为“新奇”。加尔西拉索遵循古典的模式，用艺术来掩饰雕琢，从而使作品显得朴实自然；贡戈拉恰恰相反，以肆无忌惮的挑衅手段，用雕琢抹杀自然。人们在贡戈拉诗中所看到的并非实质性的美，而是表面的、人为的、取决于装点的美。加尔西拉索的修饰和比喻是实质性的，贡戈拉则是突出事物不寻常的外部因素，从而使读者产生意想不到的感受。在1580年以后，贡戈拉和洛佩·德·维加是诗歌革新者们竞相效法的楷模。

Luis de Gongora 贡戈拉

克维多对贡戈拉的新诗歌持强烈反对的态度，而与此形成鲜明对照的是，他对加尔西拉索则给予极高的评价，并且还亲自编辑刊发莱昂和拉托雷的作品，以此和贡戈拉抗衡。其实克维多本人的诗歌与他所推崇的经典作品很少相似之处：他的巴洛克风格一点也不比贡戈拉逊色，不过是表现形式不同而已。后来人们将这两种对立的风格概括为“夸饰派”与“格言派”。在文学论争中，这两位诗人也是针锋相对、势不两立的，可以说到了“有你没我，有我没你”的地步，但如果从他们的诗歌作品上看，应该说他们是相辅相成的，是“你中有我，我中有你”，两种风格是巴洛克诗歌的共同特征。当然，贡戈拉和克维多的诗歌的确是有区别的，不过这种区别主要体现在他们对待道德、神学和形而上的态度方面：贡戈拉的诗歌比加尔西拉索更加世俗化，甚至有些唯物质主义；而克维多的诗歌则体现了一种基督徒的、几乎是乌纳穆诺式的苦闷和激情。时代、死亡、普遍的腐败和神圣的非正义使克维多的诗歌具有一种令人触目惊心的神韵，而贡戈拉则用高雅的技巧将他唯物质主义的诗歌雕琢得完美无缺。如果说克维多在他的诗歌中表现了爱情的觉醒与苦闷，贡戈拉表现的则是对生理愉悦的心安理得。只有在丰富的色彩方面，二人不时有不谋而合之处；在辛辣的讽刺与嘲弄方面，二人有异曲同工之美。

西班牙 17 世纪的诗歌并非都是巴洛克风格的，有人依然保持着纯正的加尔西拉索的传统，例如梅德拉诺即如此，只不过在贡戈拉和克维多的光辉下，他很难引起人们的瞩目。尤其是贡戈拉主义，在 17 世纪诗坛上几乎独领风骚，它的影响甚至波及到整个西班牙语世界。然而到了 18、19 世纪，人们对贡戈拉主义却颇有微词，直到拉丁美洲现代主义（尤其是鲁文·达里奥）和西班牙“二七年一代”的诗人（特别是达马索·阿隆索）才又重新给它以高度评价。

进入 18 世纪以后，西班牙帝国的颓势有增无减，诗坛上又没有再出现似“黄金世纪”那样的才华横溢的杰出诗人，因而这是“国家软弱、诗坛凋零”的世纪。诗人们一般还在模仿巴洛克风格，但巴洛克早已是强弩之末。后来又模仿法国诗歌，但并未取得“青出于蓝”的成果。西班牙诗坛已经失去了“黄金世纪”的光辉。浪漫主义虽也初现端倪，但尚未形成气候。18 世纪占主导地位的诗歌倾向是新古典主义。新古典主义主张正统，追求典雅，但却忽视诗歌的两个基本要素：意境与激情。新古典主义的主要成就在诗剧。诗人主要有费尔南德斯·德·莫拉廷父子、卡达尔索·伊·巴斯克斯、霍维亚诺斯、梅伦德斯·巴尔德斯、阿尔瓦雷斯·西恩富戈斯、曼努埃尔·何塞·金塔纳等。此外，有两位寓言诗人值得一提：费利克斯·玛利亚·德·萨玛涅戈和托马斯·伊利亚尔特。

19 世纪，浪漫主义运动在欧洲发展起来。从前的诗人，相对来说，更关注诗歌的形式，追求的是韵律的美与和谐，注重对古典诗歌的模拟与效仿；而浪漫主义诗人则更关注诗歌的内容，追求的是创新与自由，表达的是激情与冲动，强调的是灵感的绝对与神圣。浪漫主义诗歌在西班牙于1835—1842年达到了高潮。西班牙的浪漫主义同样可以分为革命浪漫主义（或称自由浪漫主义）和传统浪漫主义（又称保守浪漫主义）两种倾向。分别以埃斯普龙塞达和索利亚为代表。浪漫主义诗人还有拉蒙·坎波阿莫尔、古斯塔沃·阿多夫·贝克尔和女诗人罗莎里娅·德·卡斯特罗。

1898年爆发的美西战争使西班牙君主制的弊端暴露无遗，使它失去了最后残留的海外殖民地，使它彻底失去了往日的“辉煌”。对祖国的前途和命运的忧虑，激发了年轻一代作家。他们主张引进欧洲的先进思想，决心使自己的国家在文学上得到振兴，后人称他们为“九八年一代”，又称“半个黄金世纪”或“苦难的一代”。“九八年一代”中有两位著名作家，同时又是诗人：乌纳穆诺（1864—1936）和巴列－因克兰（1869—1936）。虽说诗歌不是他们主要的文学成就，但他们在诗坛上的地位也是不可动摇的。

20世纪早期的西班牙诗歌受到以鲁文·达里奥为代表的现代主义的影响，追求语汇的和谐与美感，在内容上将艺术与生活、美好与实用融为一炉。然而伟大的诗人不会一味地模仿，多是博采众长而又独树一帜，后来果然从现代主义内部出现了对自身的质疑。希梅内斯主张创作“袒露”的“纯诗”，马查多的风格简洁明快，乌纳穆诺的作品朴实直观，都是很好的证明。

1910年前后，在西班牙出现了先锋派诗歌的萌芽。如同现代主义一样，先锋派既排斥浪漫主义，也排斥现实主义与自然主义，它不是将艺术作为唯一的追求目标，而是使其成为现实的奴隶。由此便产生了一个新的“纯粹”的概念：摒弃一切模拟的附属品。其特征是使实验主义、游戏、技巧等因素成为新的艺术和现实的载体；使生活与艺术分化，使逻辑与形式断裂。在西班牙，真正将先锋派文学上升到理论的是“一四年一代”的中坚人物奥尔特加·伊·加塞特。在“一四年一代”中，出现了一位杰出的抒情诗人胡安·拉蒙·希梅内斯。

1927年，豪尔赫·纪廉、加西亚·洛尔卡、拉菲尔·阿尔贝蒂、维森特·阿莱克桑德雷、佩德罗·萨利纳斯以及赫拉尔多·迭戈、达玛索·阿隆索、普拉多斯、阿尔托拉吉雷等诗人在塞维利亚集会，纪念西班牙黄金世纪的著名诗人贡戈拉逝世三百年；会后他们纷纷发表文章或重新介绍贡戈拉的作品，使这位长期以来被冷落的诗坛巨匠重现光辉；这便是“二七年一代”的由来。这些诗人的共同点是都出身于中产阶级，都受过高等教育，有的还一直做教师的工作。他们既熟谙欧洲的先锋派文学运动，又注意挖掘传统的文学遗产。但就他们的文学主张和艺术风格而言，却没有多少共同之处；即便从年龄上说，萨利纳斯（1891—1951）和阿尔托拉吉雷（1905—1959）也有十五年的差距。“二七年一代”是一个新传统主义的诗人群体，他们注意挖掘传统诗歌中的超现实主义因素。他们摒弃法国超现实主义的自动写作法，但在作品中却不乏梦幻和潜意识的成分，从而使西班牙抒情诗从追求“纯粹”转向“多元”和“非人性化”。

Garcia Lorca 加西亚·洛尔卡

政治的风云变幻总会在文学艺术上反映出来。内战（1936—1939）的爆发使西班牙诗坛发生了根本的变化，交战双方都使文学染上了浓厚的政治色彩。在世界反法西斯战争中，唯有西班牙是以法西斯的胜利而告终的。法西斯影响着整个社会生活，文学与诗歌自然无法幸免。因此，在战后无论是左派还是右派，无论是革命派还是保守派，都在以各自的理念与方式创作社会政治诗歌。人们往往称这一时期的诗人为“三六年一代”，但值得注意的是属于同一代的诗人们的诗学主张可能是迥然不同的，被法西斯囚禁至死的伟大诗人米格尔·埃尔南德斯（1910—1942）也属于这一代，就是一个突出的例证。

1944年达玛索·阿隆索发表了《愤怒之子》，诗中表达了积蓄已久的愤懑，这是一个诗坛转折的标志，开创了新表现主义（neoexpresionismo）的先河。诗人有维克托里亚诺·克莱梅尔、欧亨尼奥·诺拉、何塞·耶罗、何塞·刘易斯·伊达尔戈。在现实主义与存在主义诗歌成为诗坛主流的情况下，有两个例外。其一是以《主义后主义》（*Postismo*）杂志为核心的诗人群体，包括卡洛斯·埃德蒙多·德·奥利、爱德华多·契查罗、加比诺·阿莱汉德罗·卡里埃多等。他们又接续了先锋派的香火，恢复了对游戏的偏爱。后继者有胡安·爱德华多·希罗特、米格尔·拉波德塔等。这些人的作品具有明显的超现实主义特征。其二是以科尔多瓦的《颂歌》杂志为核心的加西亚·巴埃纳、里卡多·莫利纳、胡安·贝尔涅尔、马里奥·洛佩斯、胡里奥·欧门特等诗人。他们将目光投向"南方"和"美"，偏爱"二七年一代"尤其是塞尔努达的情感与意象。他们对"新锐派"（Nov í simo）的诗人有直接影响。

西班牙内战中断了先锋派诗歌发展的主线，使社会诗歌不可阻挡地发展起来。20世纪50年代，是西班牙社会诗歌发展的高潮。诗人们使现实主义美学进一步深化，使诗歌具有鲜明的政治色彩。针对希梅内斯倡导的"为少数人的"纯诗，奥特罗（1916—1979）写出《致无限的大多数》的诗句，并从而引出了塞拉亚（1911—1991）将诗歌作为"改造世界的工具"的主张。即使是一般的诗人，也大都把诗歌看作"交流"的工具。正如阿莱克桑德雷所说："诗歌的秘密在于这种交流的功能，而不在于奉献美，也不在于做宣传，我们对此越来越深信不疑，这种交流是人类灵魂深处的交流。"

有几部诗选或许可以代表社会诗歌的发展过程：在弗朗西斯科·里维斯于1952年出版《西班牙青年诗歌参阅集》中，社会诗歌占主导地位；何塞·玛利亚·卡斯特耶于1960年出版的《西班牙诗坛20年（1939—1959）》是社会现实主义诗歌的巅峰，但同时也是它接近尾声的标志；莱奥波尔多·德·刘易斯于1965年出版的《社会诗歌选集》依然坚持了前两部诗选的基调。而何塞·巴特略于1968年出版的《西班牙新诗歌选》则已经突出了批评家们对社会现实主义诗歌态度的转变。同一个卡斯特耶，于1970年又出版了一本题为《九位西班牙新锐派诗人》的选集，从而宣布了一个新的诗人群体的诞生。新锐派，又称"六八年一代"，其诗人多生于1939至1950年之间，是西班牙战后出生的第一代诗人。他们既没有经历过战火的洗礼，也没有受过饥饿的煎熬，因而从心理上缺乏对社会诗歌认同的基础。另一方面，对社会现实的不满、对自身前途的怀疑和对国家命运的忧虑，又使他们从内心深处产生了追求变革的强烈欲望。在诗歌创作方面，他们逆社会诗歌的潮流而上，在“二七年一代”和当代欧美诗歌那里找到了自我表述的话语，使西班牙先锋派诗歌传统，在经历了三十多年的放逐之后，在他们身上得到了复苏。新锐派的主要代表人物有：金费雷尔、卡尔内罗、巴斯克斯·蒙塔尔班、马丁内斯·萨里翁、卡瓦哈尔、阿苏阿、巴尔纳坦、科里纳斯、希勒斯、帕内罗、比耶纳、昆卡、莫伊克斯等。自“新锐派”以后，西班牙诗坛越来越呈现多元化特征，对他们只能做个案分析，已很难做统一的诗学归纳。

二

1492年哥伦布率领的三只帆船到达了巴哈马群岛，从此西班牙人和葡萄牙人开始了对美洲大陆的征服。他们一手举着利剑，一手擎着十字架，对墨西哥以南的美洲大陆进行了野蛮的征服，使这块富饶、美丽而又神奇的大陆经受了血与火的洗礼、灵与肉的磨难，并最终使之沦为欧洲宗主国的殖民地。整个拉丁美洲，只有巴西讲葡萄牙语，海地讲法语，一些加勒比岛国讲英语，其余绝大部分国家都讲西班牙语，称为西班牙语美洲。在殖民地和建国初期，西班牙语美洲的诗人基本是“步宗主国的后尘”，至现代主义，才第一次对西班牙诗坛产生了反作用，“将西班牙的大商船掉过头来，驶回了西班牙”。下面我们大致梳理一下西班牙语美洲诗坛的发展脉络。

在殖民时期，有两位重要的巴洛克风格的诗人：墨西哥的修女胡安娜·伊内斯·德拉·克鲁斯（1651—1695）和秘鲁的胡安·德尔·巴略·伊·卡维耶德斯（1645—1697）。尤其是前者，人称“第十位缪斯”，原名叫胡安娜·德·阿斯巴赫·伊·拉米雷斯。她是墨西哥文学史上的传奇人物，是新西班牙时期最著名的诗人。如果说她是“墨西哥的彩凤”，胡安·德尔·巴略·伊·卡维耶德斯则是“利马的丑小鸭”，是一位大众的平民诗人，一个自学成才的诗人。卡维耶德斯像克维多一样，对社会上的不良风气进行了辛辣的讽刺。遗憾的是我们对他的作品从未介绍过，更谈不上研究。

作为巴洛克文学的对立物，新古典主义文学的产生和发展是与拉丁美洲国家的独立运动同步进行的。当大多数拉美国家终于摆脱了宗主国长达三百年的殖民统治的时候，这股文学潮流也接近了尾声。在具有代表性的新古典主义诗人的作品中，已经包含了显而易见的浪漫主义因素。

在新古典主义文学中，诗歌占有重要地位（当时的散文依然保留着巴洛克风格）。最受欢迎的诗歌形式是席尔瓦，它继承了西班牙文艺复兴时期的诗体，用七音节和十一音节的诗句写成。安德雷斯·贝略的《美洲的席尔瓦》是这类诗歌的最高典范。

Andres Bello 贝略

新古典主义诗歌的主要内容有：1．歌颂家乡的田园生活和爱情；2．歌颂独立战争和新生的共和国，西班牙语美洲许多国家的国歌都是这个时期的诗作；3．歌颂美洲的自然风光；4．民歌。在新古典主义诗人中，有三位具有代表性的诗人：独立运动的歌手何塞·华金·德·奥尔梅多（1780—1847），拉丁美洲启蒙文化的一代宗师安德雷斯·贝略（1781—1865）和站在浪漫主义门口的诗人何塞·马利亚·埃雷迪亚（1803—1839）。

Becquer 贝克尔

拉丁美洲的诗人深受欧洲浪漫主义大师的影响，雨果、拉马丁、拜伦、歌德、海涅以及西班牙诗人索里利亚、埃斯普龙塞达、贝克尔都曾是他们效法的楷模。但是欧洲文学毕竟只为他们提供了思想启迪和艺术营养，他们的根是扎在美洲大地上的。尤其值得注意的是，他们中的佼佼者，将个人与国家和民族的命运融合在一起，而不像欧洲文坛那样明显地分为积极浪漫主义和消极浪漫主义两种风格。

在大约六十年的时间里，浪漫主义诗歌的进程可以分为两个阶段，不过它们之间并没有界限，而且诗人的特征与他们所处的阶段也不完全吻合。前期浪漫主义诗人主要受法国和英国诗人的影响，注意激情的抒发、风格的泼辣和语言的创新。1860 年以后，由于共和国已经巩固，社会日趋安定，浪漫主义运动已经展开，诗人们又较多地受到西班牙以及法国帕尔纳斯派诗歌的影响，因而增加了对社会和人生的探索，在个人的激情中，又注入了民俗和家庭的乐趣，在艺术上则更注意语言、形式和韵律。与前一个时期相比，带有更多的感伤主义情调。

浪漫主义诗歌的代表人物主要有：阿根廷的埃斯特万·埃切维里亚（1805—1851）、哥伦比亚的何塞·欧塞维奥·卡罗（1817—1853）和拉法埃尔·蓬博（1833—1912）、古巴的胡安·克莱门特·塞内亚（1832—1871）、秘鲁的曼努埃尔·贡萨雷斯·普拉达（1848—1918）和乌拉圭的胡安·索里利亚·德·圣马丁（1855—1931）。

在争取政治独立的过程中，文学上的美洲主义也开始成长。作家们不仅描绘美洲的自然环境和社会生活，而且开始追求具有民族风格的艺术形式。在民族文学的发展方面，拉普拉塔河地区的高乔诗歌取得了突出的成就。不过，高乔诗歌的成就主要是叙事诗，不在本书的编选之列。

在西班牙语美洲诗坛，紧接着浪漫主义的就是现代主义。“现代主义”这个名称是胡斯托·塞耶拉在为墨西哥诗人古铁雷斯·纳赫拉的诗集作序时（1896）首先提出来的。现代主义诗人将法国的帕尔纳斯派和象征主义熔为一炉，从而形成了自身的特色。此外，印象派和颓废派也给现代主义诗歌打上了烙印。现代主义诗人还向惠特曼学习了文学的自由，向爱伦·坡学习了音乐性。他们不但学习和模仿同时代的西班牙作家，而且也从西班牙黄金世纪的文学中吸收了营养。

现代主义诗人的个人主义气质使他们的作品具有主观色彩、对社会的离心倾向和对自由的夸张。从这个意义上说，现代主义文学实现了浪漫派作家所追求的双重自由：人的自由和艺术家的自由。前者使这个流派与颓废派联系在一起，后者使它成了第一个具有拉丁美洲特色的文学流派。概括起来说，现代主义诗歌有以下几方面的特点：1. 逃避社会现实，追求纯粹艺术；2. 创造优美的形象，使用典雅的语言；3. 憧憬虚幻的境界，抒发忧伤的情感；4. 追求世界主义和异国情趣。总之，现代主义是一种贵族的艺术，尽管诗人们大多在政界或新闻界供职，过着平民百姓的生活；它是一种现代

Gabriela Mistral 米斯特拉尔

人的艺术，尽管它广泛融合着古代文化；它是美洲人的艺术，尽管它有着深刻的欧洲文化的烙印；它是与现实社会密切相关的艺术，尽管诗人们大都陶醉在“象牙之塔”里寻求内心平衡和精神寄托。现代主义作家强调自己作为人和作为艺术家的双重自由。现代主义的主要成就在诗歌，其举足轻重的代表人物是尼加拉瓜的鲁文·达里奥（1867—1916），其他代表人物有古巴的何塞·马蒂（1853—1895）和胡利安·德尔·卡萨尔（1863—1893）、墨西哥的迪亚斯·米龙（1853—1928）、古铁雷斯·纳赫拉（1859—1895）、阿马多·内尔沃（1870—1919）和恩里克·贡萨莱斯·马丁内斯（1871—1952）、哥伦比亚的何塞·阿松森·席尔瓦（1865—1896）和吉列尔莫·巴伦西亚（1873—1943）、玻利维亚的里卡多·海梅斯·弗雷伊雷（1868—1933）、阿根廷的莱奥波尔多·卢贡内斯（1874—1938）、乌拉圭的胡里奥·埃雷拉·伊·雷西格（1875—1910）和秘鲁的何塞·桑托斯·乔卡诺（1875—1934）等。

从1910至1930年是现代主义向先锋派的过渡时期。诗人们虽然还在沿用某些现代主义的传统形式，但多已摒弃过分雕琢和堆砌的唯美主义倾向，注重用朴实无华的形式抒发真挚的内心感受和描绘外界现实。这样的特点在恩里克·贡萨莱斯·马丁内斯的作品中已经有所表现。1910年，他发表十四行诗《扭断那天鹅的脖子》，决心抛弃现代主义“阳春白雪”的高雅象征，回到身边的现实中来。“后现代主义”的重要诗人有费尔南德斯·莫雷诺（1886—1950）、拉蒙·洛佩斯·贝拉尔德（1888—1921）、德尔米拉·阿古斯蒂尼（1886—1914）、阿尔丰西娜·斯托尔尼（1892—1938）、胡安娜·德·伊瓦尔沃罗（1895—1979）和加布拉·米斯特拉尔（1889—1957）等，后者是拉丁美洲第一位诺贝尔文学奖得主。

在第一次世界大战期间，欧洲的文学艺术发生了史无前例的变革。历史视野的开阔，现代科技的发展，世界各国的分化，精神危机的加剧，使人类意识和情感产生了戏剧性的变化。在这样的形势下，年轻的知识分子倡导文学艺术与古典的乃至现存的模式彻底决裂，于是立体主义、未来主义、达达主义、超现实主义等一系列反对理性和现实主义的流派纷纷出现。对这一系列新兴的艺术流派，在国内统称为现代派，而拉丁美洲则称为先锋派。在欧洲文学的影响下，拉丁美洲出现了先锋派诗歌。其中影响比较大的是以智利诗人维多夫罗为代表的创造主义和以阿根廷诗人博尔赫斯为代表的极端主义。客观地说，形形色色的先锋派诗歌，就个体而言，没有而且也不可能有什么显赫的成就，然而在总体上却造就了一批伟大的诗人。他们之所以伟大，重要原因之一正在于他们没有循规蹈矩，没有拘泥于某一个流派的束缚，而是从不同的流派中吸取营养，博采众长，又独树一帜。诸如博尔赫斯（1899—1986）、巴列霍（1892—1938）、尼古拉斯·纪廉（1902—1989）、聂鲁达（1904—1973）、莱萨玛·利马（1912—1976）、奥克塔维奥·帕斯（1914—1998）、尼卡诺尔·帕拉（1914—2018）、何塞·莱萨玛·利马（1912—1976）等都是举世闻名的诗人。

至于当下的西班牙和西班牙语美洲诗坛，群星闪耀，相映生辉。由于不属于“小史”的范畴，在此不予评述。

Jorge Luis Borges 博尔赫斯

Octavio_Paz 帕斯

西班牙语诗二十首

赵振江 译

[诗人小传]路易斯·德·贡戈拉(1561—1627)出生于科尔多瓦，曾在萨拉曼卡大学学习，后在家乡成为教士。1617年去马德里，任王宫小教堂神甫。在此期间，他经常与洛佩·德·维加和克维多进行激烈的文学论争。最后，因债台高筑，贫病交加，返回科尔多瓦并在那里辞世。贡戈拉创作各种门类的诗歌，既有大众的，也有文人的，是被称作“夸饰主义”的巴洛克诗歌的最高代表，其影响波及整个西班牙语世界诗坛。

十四行诗（第166首）

贡戈拉

为了和你的秀发媲美
黄金徒劳地在太阳下闪光；
你洁白的前额用藐视的神态
将平原上美丽的百合观望；

你的樱唇惹人注目
胜过初绽的麝香石竹；
你潇洒高傲的脖颈
胜过光芒四射的水晶；

请享受这秀发、樱唇、前额、脖颈，
莫辜负你金色的年华
那黄金、百合、麝香石竹、耀眼的水晶；

不仅它们会变成灰白或枯萎的香堇
你也会和它们一起变成

黄土、烟云、尘埃、虚无、阴影。

（1582 年）

最强大的骑士本是“钱”先生

克维多

娘啊，我对黄金五体投地，
既是情人又是爱侣，
纯粹出于对她的爱恋
我简直也变得金光闪闪；
无论是整是零
它使我万事亨通：
最强大的骑士
本是“钱”先生。

它在西印度诚实地诞生①，
世界与它结伴同行；
它来西班牙寿终正寝，
在热那亚被葬入墓中②。
谁如果将它带在身上
再丑陋也会有漂亮的仪容：
最强大的骑士
本是“钱”先生。

尽管色泽脱落，仍像黄金
一样，不失美貌雄风，
无论对摩尔人还是对基督徒
它都举足轻重。
它可以践踏任何法典
能赋予也能剥夺人的德行：

［诗人小传］弗朗西斯科·德·克维多（1580—1645）出生于马德里的贵族家庭，其父是安娜王后的私人秘书，其母是王后的侍女。他在宫中长大，曾入阿尔卡拉和巴亚多利德大学，先后学习艺术和神学。他具有广博的知识，并通晓拉丁文、希腊文、阿拉伯文、希伯来文、法文和意大利文。他的诗歌，题材广泛，爱情诗、讽刺诗、哲理诗，应有尽有，而且都具有丰富的内涵与独特的风格。在巴洛克时期，克维多是警句派诗歌的创始人和最高代表。

① 西印度指西班牙在美洲的殖民地。

② 西班牙当时从美洲运来大批金银以支付从热那亚借来的贷款的利息。

最强大的骑士
本是“钱”先生。

它的祖先出人头地，
它是贵族的后裔，
因为在东方的血管里
流的全是皇家的血滴；
它能使牧人高贵
也能使公爵平庸：
最强大的骑士
本是“钱”先生。

看到它无上荣光
谁不惊奇异常？
家族中最小的人物
竟是圣路易的老娘①。
它使胆小鬼英勇，
使庸人将骏马骑乘：
最强大的骑士
本是“钱”先生。

高贵的族徽
是那么威风，
可没有国王的盾②
贵族也难当成，
最刚强的硬汉
对金银也会眼红：
最强大的骑士
本是“钱”先生。

在交际中占得上风

① 圣路易的母亲曾两次摄政，当时西班牙面值最小的钱币上印有她的头像。
② 在西班牙语中，“盾”有三个意思：盾牌、族徽、货币单位。

并给人以好心的提醒，
在老猫的家中
对猫也不能放松[1]。
它能冲破任何障碍
软化最严厉的法庭：
最强大的骑士
本是“钱”先生。

它如此不可一世
尽管疲于奔命，
只要将钱钞一撒
就能保住威风；
无论贵族、乞丐
全都由它品评：
最强大的骑士
本是“钱”先生。

没见过哪位太太
对它无动于衷，
她们的容貌减价，
面对着“多乌龙”[2]；
从一个皮口袋里
对她们危言耸听：
最强大的骑士
本是“钱”先生。

无论在什么地点，
（你看它是否灵通！）
和平时期的盾
比战争中的盾有用。
使异乡人成为知己，

①“老猫的家”指用猫皮制成的钱袋，后面的猫则指窃贼。
②“多乌龙”是一种古钱币。

将穷汉葬入坟坑：
最强大的骑士
本是“钱”先生。

[**诗人小传**] 何塞·德·埃斯普龙塞达（1808—1842）的人生道路与诗歌创作都有着深刻的政治烙印。他具有极高的诗歌天赋，被誉为“西班牙的拜伦”，早期的诗作具有新古典主义特征，他的社会诗歌表现了诗人政治上乐观与哲学上悲观的自由冲突。他的代表作是1840年出版的《诗集》，尤其是《海盗之歌》，无论从内容还是从形式上说，都是典型的浪漫主义作品，是对自由和叛逆精神的礼赞。

海盗之歌

埃斯普龙塞达

船舷上十门大炮，
一路扬帆远航，
哪里是乘风破浪，
分明是在飞翔：
船名称作海盗，
勇猛恰似“魔王”[①]，
谁人不知，哪个不晓
在茫茫大海上。

明月在海面颤抖，
风儿在船帆上作响，
在柔和的运动中
吹起银白和蔚蓝的波浪；
海盗船长在眺望，
在船尾快乐地歌唱。
亚洲在一侧，欧洲在另一侧，
伊斯坦布尔在正前方。

“我的船儿啊，
无畏地远航；
不管是敌人的船只，
还是风平浪静或雨骤风狂
都不能改变你的航向，

① 原文Temido是“恐怖”的意思，这里是“意译”，也是韵律的需要。

不能抑制你的勇敢顽强。

我们有
二十宗捕获
全不顾
英国人的反抗，
缴了他们的旗帜
将千百个国家
踩在我的脚下。

“船是我的宝贝，
自由是我的主宰，
力量和风是我的法则，
大海是我唯一的祖国。”

盲目的国王们
为了巴掌大的土地
发动残酷的战争：
而汹涌的海上
一切都属于我，
谁也不能发号施令。

无论是哪里的海滩，
无论多么光辉的旗帜，
都属于我的权利，
都臣服我的勇气。

“船是我的宝贝，
自由是我的主宰，
力量和风是我的法则，
大海是我唯一的祖国。”

听到一声“船来了！”
只见他们调转航向
扬起船帆，全速逃亡，
大海之上我为王。
我的愤怒就是敌人的恐慌。

在女俘中
我分配
所得之物
绝无偏向，
我不要财富
只要美女
但要举世无双。

“船是我的宝贝，
自由是我的主宰，
力量和风是我的法则，
大海是我唯一的祖国。”

我已经被判死刑！
我对此付之一笑：
命运不会将我遗忘
我会将那判罚我的人
挂在桅杆，或许
就在他本人的船上。

倘若我落网
生命算什么？
早已置之度外，
作为一条好汉，

当我动摇了
挣脱了
奴隶的枷锁。

“船是我的宝贝，
自由是我的上帝，
力量和风是我的法则，
大海是我唯一的祖国。”

北风是我最好的音乐：
缆绳的抖动和响声，
黑色海洋的呼啸
和大炮的轰鸣。

雷声
到震耳欲聋
风声
呼啸不停，
我酣然
入梦
伴随大海的
波涛汹涌。

“船是我的宝贝，
自由是我的主宰，
力量和风是我的法则，
大海是我唯一的祖国。”

（1835 年）

[**诗人小传**] 安东尼奥·马查多（1875—1939），西班牙20世纪最杰出的抒情诗人之一，生于塞维利亚，在马德里大学获文学博士学位。在索利亚高中任法语教授，在该市任教的五年，或许对他的一生有决定性意义。诗人说："我在那里结婚，妻子在那里去世，对她的怀念会永远伴随着我。"后来他又在巴埃萨、塞戈维亚和马德里任教。1939年，西班牙内战结束，他在流亡期间，猝死于法国的高里奥尔小镇。早期受现代主义影响，后来成了真诚、深邃、极具个性化情感的诗歌："不是坚硬永恒的大理石，也不是音乐和绘画，而是时间上的语言"。诗作主要有《孤寂、长廊及其他》《卡斯蒂利亚的田野》《新歌》等。

肖　像

马查多

我的童年是对塞维利亚一个院落
和一个明亮果园的记忆，柠檬在果园里成熟；
我的青春，卡斯蒂利亚土地上的二十年；
我的历史，有些情况我不愿回顾。

我不是骗人的诱惑者也不是唐璜式的人物；
——你们已经熟悉我笨拙的着装——；
但是丘比特向我射了一箭
我便爱那些女性，只要她们可亲而又高尚。

我的诗句从平静的泉水涌出，
可我的血管里有雅各布宾派的热血流淌；
我不仅是一个善于运用自己学说之人，
而且从美好的意义上讲，我很善良。

我崇尚美，在现代美学中
我采摘龙萨[①]果园中古老的玫瑰；
然而我不喜欢目前时兴的梳妆
也不是那种追求新奇啼鸣的鸟类。

我看不起空洞的男高音的浪漫曲，
也看不起蟋蟀在月光下的合唱。
在众多的声音中，我只听一个声音，
我会停下脚步，区分原声与回响。

我是古典的还是浪漫的？我不知道。
我愿像将军留下他的剑一样留下我的诗行：

① 龙萨（1524—1585），法国文艺复兴时期七星诗社的主要诗人。他在法国诗坛的地位，在雨果之前无人能比。

不是因为铸剑者的工艺高超而受人尊重
是因舞剑之手的强劲才威名远扬。

我与那个总和我在一起的人交谈
——自言自语等候向上帝倾诉的那一天；
我的自言自语是与这位好友探讨
他曾将博爱的诀窍向我秘传。

最后，我不欠你们什么；可我的全部写作
你们都未曾偿还。我奔赴我的工作，
用我的钱支付穿的衣服，住的房间，
吃的面包和铺的床垫。

当最后的旅行到来的时候，
当那一去不复返的船儿起航，
你们会在船舷上发现我带着轻便的行装，
几乎赤身裸体，像大海的儿子一样。

（1912 年）

在广场上

阿莱克桑德雷

美，美得平淡无奇并值得信赖，深沉而又充满活力，
阳光下，人群中，感到被驱动、
裹胁、引导、混淆、煞有介事地拖来拖去。

留在岸上
宛似堤坝或企图钙化并模仿岩石的蠕虫，
不行。
要纯洁冷静

［诗人小传］维森特·阿莱克桑德雷（1898—1984）出生在塞维利亚的一个中产阶级家庭，但他的童年是在马拉加度过的，后去马德里，学习法律和商贸。从1925年起，疾病困扰他一生。他十八岁开始倾心于诗歌，与达玛索·阿隆索的友谊发挥了关键作用，后者将尼加拉瓜诗人达里奥的作品介绍给他，对他的诗歌产生了很大影响。1934 年获国家文学奖。1977 年获诺贝尔文学奖。诗作有《轮廓》《如唇之剑》《毁灭或者爱情》《大地的激情》《独处的世界》《天堂的影子》《最后的诞生》《心的历史》《在一个辽阔的领域》《终极的诗》《知识对话》等。

随波逐流，置身于流动与自行消失的幸福中，
宛若人们的心在尽情地跳动。

要像那位，我不知他住在几层，
只见他从楼梯下来
勇敢地进入并消失在人群中。
人群走过。但可以辨认出他那小小的流动的心灵。
那里，谁会认出他？那里，只是充满希望、
信心或坚定、令人生畏的骁勇，
无声的平淡，他在那里
也会变得无影无踪。

那是一个开阔的广场，洋溢着生命的芳香。
它沐浴着赤裸的太阳，随风飘荡，
一阵大风的手掠过人们的头顶，
抚摩人们团结在一起的前额
并使他们斗志昂扬。

他的动作宛若蛇行，好像唯一的人，
我不知他是不是无助，是不是有力，
然而的确存在而且可以感知，并遮笼大地。

在那里，每个人都能观察自己，愉悦自己，辨认自己。
当炎热的下午，你独自在阁楼里，
嘴角挂着疑问，两眼闪着怪异，
许想向自己的形象提什么问题，
却没有在镜中将自己寻觅，
在被扼杀的对话中，你听不见自己的声音。
下来，慢慢下来吧，到人群中去寻找自己。
大家都在那里，也包括你。
啊，请裸露身体，将自己熔化并辨认出自己。

请慢慢进去，像沐浴者，诚惶诚恐，
对海水满怀着爱慕与激情，
首先将双脚浸入浪花，
感到水在上升，然后便有了勇气，几乎做出了决定。
现在水已至腰部，却还有些犹豫。
不过他伸开手臂，终于张开双臂，全身投入水中。
在那里他看到了自己坚强，他在成长并向前冲，
他前进并掀起浪花，跳跃，自信，
在波涛中挥舞双臂，跳跃，歌唱，多么年轻。

就这样，赤着双脚进入。进入广场，进入沸腾。
请进入召唤你的激流，在那里你会成为你。
啊，小小的心灵，它愿意跳动
是为了也能成为与他相辅相成相一致的心灵。

（1954 年）

拿油壶的女人

阿隆索

此时几乎已是黑夜，
那个拿油壶的妇女
在人行道上拖着身躯
要去哪里？

请靠近些：她看不见我们。
与她双眸那寒冷的铁相比，
与裹着她的脖子和头颅的
暗淡的披肩相比，
与她灵魂中荒凉的景色相比，

［诗人小传］达玛索·阿隆索（1898—1990），出生在马德里的一个富裕家庭，在加利西亚度过了青少年时代。在马德里大学接受高等教育，后来任该校教授。他是诗人、学者和文学批评家，曾任西班牙语皇家学院院长（1968—1982）。1925 年获国家文学奖，1978 年获塞万提斯文学奖。达玛索·阿隆索的诗歌如同痛苦和愤怒的呐喊，面对周围世界的痛苦和不幸，是一种无奈狂怒的爆发。他自己说："如今我感兴趣的只有人的心灵：用我的痛苦或希望表现人之永恒心灵的苦与求。"诗作有：《纯粹的诗》《城市短诗》《风和诗句》《暗淡的消息》《愤怒之子》《人与上帝》《关于卡斯蒂利亚语的三首十四行诗》《视觉的享受》和《对上帝的疑和爱》。

我不知还有什么更灰色的东西。

她慢慢地走着，拖着双脚，
消耗地面，磨损鞋底，
但总是被一种黑暗的恐惧，
一种逃避厄运的意志
向前拖去。
是的，我们错了。
这女人没有沿着
这座城市的人行道行进，
她走在僵硬的田野上，
在开放、古老、新挖的沟渠
和可悲的田垄之间，
从人类的维度，从翻过的土地，
原来的坑穴
已容纳不下的土地，
在一口口深不可测的阴暗的井，
和浑浊的突如其来的深渊之间，
那里被淤泥和绝望颜色的
破烂的裹尸布塞满。

啊，对了，我认识她。
我认识这个女人：她从火车上来。
一列长长的火车，
她走了好多个白天，
好多个夜晚：
有时冒着大雪、严寒，
有时阳光灿烂，
风摇动着年轻的灌木，
田野上燃烧着奇异的花
一朵朵爆炸，连绵不断。

她走啊，走啊，
喧哗声、车轮声，
陈旧的尼古丁味，火车的煤烟，
常使她头晕目眩。
啊！
白天和夜晚，
夜晚和白天，
白天和夜晚，
夜晚和白天。
但可怕的火车
停在那么多不同的车站，
可她不清楚站名，
不知道地点，
也不知道时间。
她
只记得
到处都很冷，
一片黑暗，
出发时，火车开动时
总体会到
和绝对不公的碰撞是何等野蛮，
总觉得
一种痛苦如同一只魔鬼的蜈蚣挂在脸上，
就好像火车的起动夺走了她的心灵，
就好像火车的起动夺走了无数雏菊——
白得像村子节日里孩子们的欢愉，
就好像夺走了她蓝色的日子，爱上帝的乐趣
和持续不断的意志——我们称之为生命力。
但凄凉的车站越来越远，
她狂乱地从车窗向外看，
扭曲着叫喊，

只为了
看那孤零零的车站
在无边的原野越来越远，
一个地方
在浩瀚宇宙的三维空间
被一个十字标明
在繁星下面。

她终于睡了，
是的，在黑暗中打着瞌睡，
发出轻微的鼾声，远处有人在谈话，
有压抑的喊叫和低沉的欢笑，
像蒙着厚厚的毛毯在说话，
只有半夜尿湿了醒来的孩子们的啼哭，
或在隧道里姑娘们的臀部被人捏一下而尖叫，
这嘈杂才会戛然而止，
……她还在被二手烟熏得昏头昏脑。

旅途中夜以继日，
是的，很多白天，
很多夜晚。
总是停在不同的车站，
总是昏昏沉沉的，也想停下，
唉，
为了在无休止的旅途中重新入睡，
为了总是带着撕碎的心灵重新出发。

……她不知如何是好。
梦越来越深，
周围的声音渐渐停息，
最后几乎停止了：

偶尔只是一个笑声
像匕首突然在黑暗中闪烁，
一声尖叫像一个酸柠檬
使夜晚一下子变成了黄色。
然后一切皆无。
只剩下速度，
只剩下火车的木材和钢铁的摇晃，
只剩下火车的声响。

这个女人在夜间醒来，
独自一人，
她看看四周，
独自一人，
开始在过道里奔跑，
从一个车厢向另一个车厢
独自一人，
她去找检票员，列车服务员，
铁路职员，
找藏在座位下的乞丐，
独自一人，
在黑暗中叫喊，
独自一人，
在黑暗中询问，
独自一人，
问谁在开车，
谁在使那可怕的火车行进。
无人回答，
因为她是独自一人，
独自一人。
她连续走了多少天了，
疯狂地，歇斯底里地，

在那庞大的空空的火车里，
没有任何人，
也没有司机。

……那是可怕的，
愚蠢、盲目的力量，
还在使那个女人
在人行道上不停地向前，
磨损那双破旧的鞋底，
磨损路上的石板，
在两旁开出的沟渠之间，
在地上的田垄之间，
宽有两米，
和我们人体的柔情
完全一样的长短。
啊，因此那个女人向前（手中，提着油壶，
那半人半仙的标记），
用爱拨开空气，用精心的缜密，
如同在耕耘抽穗的麦地，
是的，如同在耕耘十字架的海洋，
或十字架的树林，或十字架的星云，
那些十字架，
要么很远，要么很近。

她，
在这越来越暗的黄昏，
屈身
在地上，
像一个问号，
脊柱像弓一样。
难道她在从自己木制身躯的框架

探头
就像从火车的窗口张望，
看到自己本该下车的无名车站
奔向远方？
难道在腐烂的土地上的记忆
压抑着她，悬挂在她的头上，
那些无形的缆绳牵引着她
从那些散落的墓地？
抑或是像夏天挂满了
杏子的杏树，
在冬天还保留着稚嫩的陋习，
保留着重负
和陪伴的柔软的枝条，
那些可悲的光秃秃的枝条，
连鸟儿也不在那里栖息？

（1944年）

一个幽灵在欧洲游荡

阿尔贝蒂

……那些古老的家族
关闭并加固了门窗
家长偷偷地跑到了银行
他的脉搏在交易所里停止了跳动
夜里梦见了熊熊的火光，
牲畜在燃烧
小麦成了火海，
麦粒成了火花，
金钱成了灰烬
装在铁的钱箱。

[诗人小传] 拉斐尔·阿尔贝蒂（1902—1999）生于圣玛丽亚港，1917年随父母迁居马德里。最初学习绘画。1925年和赫拉尔多·迭戈分享了国家文学奖。作为西班牙共产党人，曾访问苏联，内战后流亡到阿根廷和意大利。1977年才回到祖国，1983年获塞万提斯文学奖。总体而言，他的诗作可以归于新大众主义，后来又表现出超现实主义和贡戈拉主义的特征。诗作有《陆地上的水手》《情人》《紫罗兰的黎明》《石灰石与歌》《关于天使》《号令》《一个幽灵在欧洲游荡》《诗人在街头》《在石竹花和剑之间》《致绘画》《开向所有的时刻》《罗马，步行者的危险》《胡安·帕纳德罗的歌》《人民的春天》《开花的三叶草》《献给阿泰尔的歌》等。他曾于1957年访华并创作了诗集，题为《中国在微笑》。

你在哪里，
在何方？
农民们在践踏我们的血。
怎么会是这样？

——让我们封锁，
赶快封锁边界。
你们看他在东风中，前进
在饥饿红色的荒原上。
不要让工人们听见他的声音，
不要让农夫们看见他高举的镰刀，
不要让他的呼啸进入工厂。
阻止他！
因为他会跨过海洋，在全世界游荡，
因为他会在船舱里隐藏
并和锅炉工攀谈
让那些采煤工来到甲板上，
让仇恨和贫困造反，
让船员们挺起胸膛。
请关闭，
关闭牢房！
他的声音会冲垮高墙。
怎么会是这样！

——可我们却要追随他，
让他从东风中下来，
向他打听红色荒原和平与胜利的情景，
让他坐在贫苦农民的饭桌前，
将他介绍给工厂的主人翁，
让他领导罢工和游行，
让他和士兵和海员谈话，

让他看看小职员们如何办公，
让他在黄金和血液的议会里高举拳头发出吼声。

一个在欧洲和世界
游荡的幽灵，
我们对他以同志相称。

（1933 年）

致我爱慕的伟大的何塞菲娜 *

埃尔南德斯

[诗人小传] 米格尔·埃尔南德斯（1910—1942），从小牧羊，为居民送奶。十一岁开始学识字，后在一家商店工作。十六岁开始诗歌创作，1931 年到马德里，两年后出版第一本诗作。1934 年他再次来到马德里，结识了聂鲁达和阿莱克桑德雷等诗人。在内战期间，米格尔·埃尔南德斯越来越意识到自己对共和国的承诺，并在三年监禁之后，病逝于阿利坎特狱中。他的诗作有《月亮上的能手》《不停的闪电》《人民的风》《窥伺者》《思念的歌谣》。

你的来信像美酒
令我神魂飘荡
是我的心灵
唯一的食粮。

自从离开你
就只会梦想，
你的身体像大海，
苦涩得像大海一样。

在一个角落里
我将你的信件放养，
它们的圈栏和青草
是我的心房。

我可爱的身躯
哪怕依然在地下，
小鸽子啊，请给我写信，
我一定会回答。

* 何塞菲娜是诗人的妻子，这是他在狱中写给妻子的诗。

当我已没有血液
就用康乃馨的花汁，
当我没有纸张
就写在爱的骨骼上。

[诗人小传] 加布列尔·塞拉亚（1911—1991）的全名是拉斐尔·加布列尔·穆吉卡·塞拉亚。他生于塞巴斯蒂安附近的一个小镇，在马德里学习工程学（1927—1935），但很快就放弃了所学专业，全身心投入了文学创作。他在居住多年的塞巴斯蒂安，主编过《北方》诗丛。1957年获诗歌批评奖。在许多出版物上，他也用拉斐尔·穆希卡和胡安德·莱塞塔的笔名。塞拉亚诗歌的突出特点是它的社会性。他宣称“诗歌本身不是目的，而是工具，是改变世界的工具之一……诗歌是承载着未来的武器”。他的诗作有《寂静的浪潮》《封闭的孤独》《平静地诉说》《仰卧的信简》《伊比利亚之歌》《从清晰到清晰》《钻石的抵抗》《心在其位》《紧急的诗歌》《民族演义》《无声的信号灯》《巴斯克的歌谣与诉说》《明镜》等。1986年，塞拉亚获得了西班牙国家人文奖。

诗歌是承载着未来的武器

塞拉亚

当人们不再等候任何激励，
而心依然在下意识地跳动不已，
盲目地确定，残忍地存活，
仿佛是击打黑暗的脉搏。

当人们正视死神
那晃得人眩晕的双目，
便会实话实说
野蛮、恐怖、爱的残酷。

诗歌在自言自语
说要扩张所有肺叶，它们已窒息，
要生存，要节奏，
要制定人们感觉过分的法律。

以本能的速度，
用奇异的闪电，
像魔术般明显，现实
为我们向真正的自身转变。

为穷人的诗歌，必须的诗歌

像每日的面包一样，
像我们每分钟呼吸十三次的空气，
为了生存并确信我们要做光荣的自己。

因为我们在挨打中活着，因为他们
几乎不让我们说出自己是何许人，
我们的歌唱不能成为无罪的装点。
我们的处境已经到了极限。

我诅咒那些中性人物
孕育作为文化奢侈品的诗歌
他们清洗双手，装聋作哑，东逃西躲。
我诅咒那宁愿污秽自身也不明确表态的诗歌。

我必须这样。我感受
大家的悲伤并喘着气歌唱。
歌唱，歌唱，我不仅歌唱
个人的痛苦，而且还在扩张。

我愿用自己拥有的技术进行运算，
愿掀起新的行动，将生命献给你们。
我觉得自己是诗句的工程师，又是
和大家一起为西班牙炼钢的工人。

这就是我的诗歌：是诗歌也是机床
又是整齐、盲目地跳动的心脏。
就是承载着光明前途的武器
我用它瞄准你的胸膛。

这不是点点滴滴深思熟虑的诗歌
不是华丽的作品。不是完美的成果。

这是我们大家呼吸的空气
是藏于心而化于外的歌。

它们是我们大家感到重复的话语
是我们自己的话语，在飞翔。不仅说说而已。
它们是最需要的事情：它们没有名字。
它们是天空中的呐喊，是大地上的行动。

（1955年）

[**诗人小传**]葛罗丽娅·富艾特斯（1918—1998）生于马德里，属图书档案派。曾创办并领导《弓箭手》杂志。主编多种儿童刊物并发表过许多为孩子们写的诗歌和小故事。曾和西班牙电视台长期合作。诗作有《无名岛》《儿歌》《一切都令人恐惧》《你在大地上》《不要枪声，不要毒品，不要匕首》《诗人在警戒》《如何拴住老虎的胡子》《格罗丽娅的历史》等。

基本生态学

富艾特斯

土地并非先人的遗产
而是子孙后代给我们的贷款。
治愈土地——今天它的确在生病，
但首先要治人，
首先要治穷。

保护生态，不错
但首先要保护孩子
然后才是树木，江河，
首先要保护人，
然后才是大海，湖泊。
如果一棵树因为缺水而死去
那是我们的过错
如果一个孩子因为没有面包而死去
那是我们的罪恶。

没有水就没有冰。
没有寒冷也不会结冰。

没有水就没有麦苗。
没有农民麦苗也不会出生。
没有水就没有海洋。
海上总有水手在奔忙。
没有泪水就没有哭泣。
没有痛苦泪水也不会流淌。

男人们多么愚蠢……*

克鲁斯

男人们多么愚蠢
无端地责怪女人，
却全然不见自己
正是责怪的起因。

既然以无限的渴望，
向她倍献殷勤，
为何怂恿她作恶
又要她安守本分？

她们若是抗拒
你们满腹怨气，
她们若是爱恋
又说放荡不羁。

你们疯狂的想法
恰似这样的“勇气”：
先让孩子做鬼脸，
然后又产生恐惧。

Sor Juana Ines de la Cruz
索尔·胡安娜·伊内斯·德拉·克鲁斯

[诗人小传] 胡安娜·伊内斯·德拉·克鲁斯（1651—1695）生于内潘德拉的圣米格尔镇，母亲是土生白人，父亲是西班牙人。她是墨西哥总督辖区最有天赋的文人，被誉为“第十位缪斯”。诗作主要有十四行诗六十五首、谣曲六十二首及其他诗歌。《初梦》是其中的代表作。

* 自此首诗起为美洲西班牙语诗十首。

你们用愚蠢的自负
寻求意中的她，
追求时，她是泰斯[①]，
到手后，露克莱西娅[②]。

这是何等滑稽
又无自知之明，
自己弄脏了明镜
反怪它模糊不清。

失意或者受宠，
其实本质相同：
失意，牢骚满腹，
受宠，得意忘形。

最谨慎的女子
也难得好名声，
顺从，杨花水性，
拒绝，冷酷无情。

你们是如此愚蠢，
一味地责备女人：
怪这个生性残忍，
怪那个不够坚贞。

追求你们的女子，
该如何掌握分寸：
薄情会使人不快，
多情又使人愤恨！

但你们的口味

① 泰斯是亚历山大大帝的爱姬。
② 露克莱西娅是一位罗马妇人，因被“狂人”塔克文·苏佩布（古罗马第七王）之子污辱而自杀。

却在二者之间，
但愿她不爱你们
还要将你们埋怨。

是你们爱恋的激情
为她们插上翅膀，
先将她们玷污，
却又要她们高尚。

在一时冲动之下，
谁应负更大的责任：
是经不住献媚而堕落的女子，
还是因堕落而去献媚的男人？

尽管都行为不轨，
谁更应受到责备：
是为了酬报而作孽的裙钗，
还是为作孽而酬报的须眉？

对于所犯的错误
何必如此惊慌？
要么就要她们贞洁，
要么就敢作敢当。

你们先别去献媚，
然后才会有理由
去责备女性的献媚，
因为是她们先乞求。

打消你们的傲慢无礼，
我能铸造许多武器，

因为无论承诺或者请求，
你们总混淆世理、魔鬼和肉欲。

致罗斯福 *

达里奥

用《圣经》的语气，或者惠特曼的诗句——
猎手啊，这大概会到达你的手里，
你既时髦又原始，既复杂又单纯，
既有点像华盛顿，又有点像卡尔德亚的国君①。

你就是美国，
未来的侵略者，
要侵略印第安血统的天真的亚美利加——
她依然向耶稣祈祷，用西班牙语讲话。

你是自己种族傲慢、强悍的楷模；
文质彬彬，精明强干；托尔斯泰的反对者。
杀伤猛虎，驯服烈骏，
你是勒克珊德洛斯——尼布甲尼撒的子孙②，
(如同今天的狂人们所说
你是力量的师尊。)

你以为生活就是火光熊熊，
进步就是爆炸声声，
你以为自己的子弹打到哪里
就能决定哪里的前程。
不行！
美国的确辽阔，强盛，
它一摇晃，雄伟的安第斯山

Ruben-Dario 达里奥

[诗人小传] 鲁文·达里奥（1867—1916）生于尼加拉瓜的梅塔帕小镇即今天的达里奥镇，原名费利克斯·鲁文·加西亚·萨米恩托。十三岁发表第一首诗，他完全是为诗歌和文学而生的。作为诗人，他是现代主义诗坛最有天赋的诗人，是在诗歌的韵律、节奏、结构方面最杰出的革新者。诗作有《诗韵》《蓝》《世俗的圣歌》《生命与希望之歌》《流浪之歌》《阿根廷颂》《秋天的诗及其他》等。

* 罗斯福（提奥多尔）是1901—1909年间的美国总统。

① 原诗中的Nemrod是卡尔德亚的传奇式的国王。《圣经》中称他为英雄的猎手，汉语中译为宁录。卡尔德亚是巴比伦城的前身。

② 前者是特洛伊王子帕里斯，后者为巴比伦王，曾攻陷耶路撒冷，烧毁耶和华的神殿和王宫，抢掠财物和人民。

就会发生强烈的震动。
它一喊叫，人们就会听到雄狮的怒吼，
正如雨果对格兰特所说：星星归你们所有。
（阿根廷的太阳几乎不能发光，
智利的星星几乎不能升起……）[①] 你们的确富强。
你们集中了赫丘利和玛门[②]的信仰，
自由女神在纽约举起了火炬
将征服的坦途照亮。

但是我们的美洲，从古老的
奈查瓦尔科约特尔[③]时代起
就有诗人，她曾经掌握令人赞叹的文字
并保存了伟大的巴科[④]的足迹；
她曾经观察过许多星体；
她知道柏拉图提出的大西洋洲的奥秘；
从远古时起
她就以光明、火种、香料和爱情
维持自己的生命，
伟大的蒙特祖马[⑤]和印加王的美洲，
哥伦布芬芳的美洲，
天主教的美洲，西班牙的美洲，
高尚的瓜特莫克[⑥]曾在那说
“我不是在玫瑰床上”的美洲；
有着萨克逊人的眼睛和野蛮人的灵魂的先生们，
请你们注意！
那在风暴中颤抖、以爱情为生命的美洲还在呼吸！
她在梦想、在恋爱、在战栗，它是太阳神的爱女。
西班牙美洲还活着！
西班牙雄狮的无数只幼崽，虎虎有生气！
罗斯福，即便是以上帝的名义，
你也必须同时成为凶猛的猎人和可怕的射手

① 阿根廷的国旗上有太阳的笑脸，智利的国旗上有一颗星。
② 前者是希腊神话中的英雄，后者是财利的意思，常指财神。
③ 墨西哥契梅卡族印第安人国王（1402—1472）。
④ 罗马神话中的酒神。
⑤ 墨西哥阿兹特卡国王。
⑥ 墨西哥阿兹特卡帝国最后一个皇帝，曾英勇抵抗西班牙征服者，后被俘，受尽折磨后被绞死。

才能将我们置于你的魔爪里。
不过，可惜呀可惜，你们无所不有，就是没有上帝！
(1904年)

[**诗人小传**] 塞萨尔·巴列霍（1892—1938）生于秘鲁安第斯山深处的圣地亚哥·德·丘科，父亲是西班牙人，母亲是印第安人。1920年因参与民众游行在特鲁希略被捕入狱，三个半月后，由于大学生团体和秘鲁文化界人士的抗议才获释。这次牢狱之灾影响了他的一生。1923年乘船赴法国，从此再也没回故土。1931年加入西班牙共产党，并积极支持西班牙人民的反法西斯战争。巴列霍是西班牙语有史以来最伟大的诗人之一，但也是最复杂的诗人。诗作有《黑色使者》《特里尔塞》《西班牙，请拿开这杯苦酒》和《人类的诗篇》等。

九个魔鬼

巴列霍

这，真是不幸，
世上的痛苦在增长，时刻不停，
一步一步地增长，每秒三十分钟，
痛苦的本性，双倍的苦痛，
磨难的本质，食肉，贪婪，
双倍的苦痛，
纯洁无瑕的草的作用，双倍的苦痛
和双倍地折磨我们的善良的举动。

人类弟兄们，在胸中，
在内脏，在上衣翻领，
在酒杯，在肉店，在算术里
从没有这么多的苦痛！
从没有如此痛苦的亲情，
远方从没有如此近的进攻，
火从没有这么好地发挥
死的寒冷的作用！
卫生部长先生，从没有离死亡最近的卫生，
而前额中从没有这么多的偏头疼！
家具在抽屉中有苦痛，
心脏在心房中，有苦痛，
爬虫，在体腔中，有苦痛。

人类弟兄们，不幸在增长，
比机器更快，相当于十倍的机器，
和卢梭的家畜，
和我们的胡须一起增长；
邪恶由于我们不知道的原因在增长
而这是它自身的液体
泥土和坚固的云
造成的泛滥！
苦难使方位颠倒，
使水有能和地面垂直的功能，
眼睛被看，耳朵被听，
这耳朵在打闪时发出九下钟响，
麦收时发出九次狂笑声，
哭泣时发出九个雌性的音响，
饥饿时唱出九首赞美诗，还有九下
鞭笞，九次雷鸣，却无一个喊声。

人类弟兄们，痛苦将我们抓住，
从后面，从侧面
使我们在电影院发疯，
将我们钉在留声机上，
将我们从床上拔起，又垂直
落在我们的票上，我们的信中；
苦难多么沉重，只有祈祷可能……
由于痛苦的结果
有些人诞生，有些人成长，有些化作亡灵，
有些人生而不死，有些人死而未生，
最多的是不生不死的芸芸众生。
同样由于痛苦的结果，
当看见面包化作十字架，
看见出生者在哭泣，看见鲜血在流淌，

看到洋葱，看到食粮，一般是面粉，
看到盐，成粉末状，看到水，在逃亡，
看到葡萄酒，头戴荆冠的圣像，
看到雪那么苍白，太阳那么滚烫，
我知道头顶都是悲伤，
直到脚跟都是更大的悲伤！
人类弟兄们，
我怎能不对你们讲，
我已经不能忍受那么多棺材、
那么多的分钟，
那么多的爬虫，
那么多的黑白颠倒
那么多的遥远和那么多饥渴中的饥渴！
卫生部长先生，该做什么？
不幸啊，人类弟兄们，
人类弟兄们，要做的事实在太多。

（1937 年）

［**诗人小传**］尼古拉斯·纪廉（1902—1989）生于卡马圭，并于1937年加入共产党。他创建了古巴作家艺术家联盟并任第一届主席。他的诗歌创作是围绕三个方面进行的，而且均堪称完美：黑人诗歌（他更喜欢称其为“穆拉托”诗歌），社会诗歌和植根于民歌的新大众主义诗歌，后者已完全没有种族色彩。作品有《松的旋律》《松戈罗·科松戈》《西印度有限公司》《西班牙：四种苦恼和一个希望》《致士兵的歌与致游客的歌》《完整的松》《人民的鸽子在飞翔》《爱情诗》《伟大的动物园》《齿轮》《古巴，爱情与革命》等。

两个祖先的歌

纪　廉

他们的幻影，只有我能看见，
两个将我护佑的祖先。

我的黑祖先：
皮革和木头制成的手鼓，
长矛上装着骨尖。
我的白祖先：
灰色的武士盔甲，
宽衣领装饰着麻片。

非洲潮湿的森林
和厚厚的铜锣发闷的声音……
我的黑祖先说：
“我要死了！”
鳄鱼群搅浑的黑水
椰林翠绿的清晨……
我的白祖先说：
“我累了！”
啊，逆风的帆，
黄金中燃烧的船……
我的黑祖先：
“我要死了！”
啊，未开垦的海岸
被玻璃珠儿欺骗[①]……
我的白祖先：
“我累了！”
啊，被锤炼得鼓鼓的太阳
囚禁在回归线；
啊，纯洁的圆圆的月亮
照着群猴的梦幻！

多少船啊！多少黑人！
多少黑人啊！多少船！
黑奴贩子的皮鞭多么凶残！
血和泪的岩石，
半睁的眼睛和血管，
空虚的清晨，
榨糖场的黄昏，
将寂静撕成碎片
一个强大的声音。

① 指西班牙征服者初到美洲时，用玻璃珠换原住民的珍宝。

多少黑人啊，多少船！
多少船啊，多少黑人！

他们的幻影，只有我能看见，
两个将我护佑的祖先。

堂费德里科向我呼喊，
泰塔·法昆多默默无言；
两个人夜里都在做梦，
都在走啊，走啊，
我使他俩紧紧相连。

“费德里科！”“法昆多！”
两个人拥抱在一起。
两个人都在叹息。
两个人都抬起了强壮的头，
两个人的身材一样，
高高的星星挂在天上；
两个人的身材一样，
黑人的渴望加白人的渴望；
两个人的身材一样，
他们在呼喊，梦想，哭泣，歌唱。
哭泣，歌唱。
歌唱！

（1930年）

伐木者醒来*（节选）

聂鲁达

迦百农①啊，你已经

[**诗人小传**] 聂鲁达（1904—1973）生于帕拉尔镇，1906年举家迁往特木科，这是19世纪末在古老的阿劳乌科边境建起的城镇。他的真名叫内夫塔利·里卡多·雷耶斯·巴索阿尔托。十四岁开始发表诗作，三年后出版第一部诗集。后长期从事外交工作。西班牙内战使他的人生道路和创作生涯发生了根本的转折。从此献身于为人类的和平与幸福而进行的斗争。他是拉丁美洲最负盛名也是最多产的诗人，1971年获诺贝尔文学奖。诗作主要有《晚霞》《二十首情诗和一支绝望的歌》《大地上的居所》《漫歌》《船长的诗》《元素的颂歌》《葡萄和风》《元素的新颂歌》《颂歌第三集》《狂想集》《爱情十四行诗100首》《出海与返航》《智利的岩石》《典礼的歌》《全权》《黑岛纪事》《沙滩上的房屋》《船工号子》《世界的终极》《烧红的剑》《无用地理学》《海与钟》《孤独玫瑰》《冬天的花园》等。

*《伐木者醒来》于1948年7月发表在布宜诺斯艾利斯的《方向》上，是《漫歌》集中传播最广的诗作之一。诗中的“伐木者”指的是美国第16任总统亚伯拉罕·林肯（1809—1865）。他年轻时曾从事劈木做栅栏的工作。林肯主张废除奴隶制，因而受世人敬仰。这首长诗有多个译本，这是一个新译本。

① 迦百农（Capernaum），是《圣经》中的地名，位于加利利海（以色列境内最大的淡水湖）附近，今已成废墟。据称耶稣开始传道时，即迁居此地。

升到天上，将来
必跌落阴间……
——《路加福音》第十章十五节

4

然而，美国啊，倘若你武装起
自己的军队，去摧毁那纯洁的边境
派遣芝加哥的屠夫
掌控我们
热爱的音乐和秩序，
我们将从岩石和空气中出来
将你咬死；
从最后一个窗口出来放火
将你烧死；
从最深的波浪中出来
用芒刺将你扎死；
从田垄中出来，让种子
像哥伦比亚的拳头将你猛砸；
我们将断绝你的面包和水，
在地狱中将你焚化。

Pablo Neruda 聂鲁达

士兵啊，你不要踏进
温柔的法兰西，在那里
我们将把碧绿的葡萄酿成醋，
让贫苦的姑娘们领着你
去看德国人未干的血迹；
也不要登上西班牙干燥的山峦
因为每块岩石都会变成火，
勇敢的人们会在那里战斗一千年；
不要在橄榄林中迷失方向
因为你休想再回俄克拉荷马的家园；

而且你也别去希腊，因为就连你今天
让人流出的血都会奋起将你们阻拦。
你别来托克皮亚[1]钓鱼
因为剑鱼将识破你们的掠夺
而黝黑的矿工会从阿劳卡尼亚[2]
找出埋藏在地下的古老锋利的箭
它们正等着将新的征服者射穿。
你们不要相信唱着“维达丽塔”[3]的高乔人，
也别相信冷库里的工人[4]。他们
将在四面八方，握着拳，瞪着眼，
像恭候你们的委内瑞拉人一样
一手拿着吉他，一手拿着瓶装的汽油弹。
你也不要，不要进入尼加拉瓜：
桑地诺[5]正睡在森林里等着这一天，
他的步枪布满了青藤和雨水，
他的脸上已经没有眼睑，
但是你们杀害他的伤口还在感染
就已像波多黎各的双手
在等候着刀光闪闪。
世界将对你们毫不手软。
不仅是那些荒无人烟的岛屿，还有风
——它早已熟悉自己喜欢的语言。

你千万别到高高的秘鲁去寻找炮灰：
我们同一血缘的温和的祖先
正在断碣残碑的迷雾中
磨利他们紫晶的宝剑，
山谷中雄浑的螺号
会召集武士和弓箭手
都是阿马鲁[6]的儿孙。你也不要
去墨西哥山地寻找与曙光作战的人，

① 托克皮亚，智利北部港口，产铜。
② 智利南方阿劳科人居住的地区，阿劳科人勇敢善战，曾顽强抵抗西班牙征服者。
③ Vidalita 是阿根廷的情歌小调，流行在潘帕斯草原的高乔人中。
④ 指阿根廷人。阿根廷畜牧业发达，需冷库储藏牛肉。
⑤ 桑地诺（1893—1934），尼加拉瓜民族英雄，曾于 1926 年 10 月 26 日率二十九名工人宣布起义开展反美斗争。
⑥ 即图帕克·阿马鲁（约 1742—1781），秘鲁印第安人革命家，曾组织反抗西班牙殖民统治的暴动，失败后惨遭杀害。

萨帕塔[1]的枪支并没有昏睡，
擦拭好了，正向得克萨斯[2]的土地瞄准。
你也不能去古巴，大汗淋漓的甘蔗林
在大海的光辉里，等候你的只有阴沉的目光
和一致的怒吼：杀敌或者死亡!
　　　　　　　　　　　　　　你千万
不要去喧闹的意大利的游击区，
别离开你那驻扎在罗马由身穿夹克衫的士兵
组成的队伍，别离开圣彼得教堂：
离开那里，到处是乡村的圣徒，
海上捕鱼的圣徒，他们粗犷勇猛，
热爱那伟大的草原之国
世界曾在那里重新获得繁荣。
　　　　　　　　　　　　　你千万
别碰保加利亚的桥梁，罗马尼亚的河流
不会放过你，我们将给它们注入沸腾的血液
让它们烧死侵略者：
你也别向农民打招呼，如今他已认识
封建主的坟墓，正握着犁耙和步枪瞭望：你只要
看他一眼，他便会像星星一样将你烧光。
　　　　　　　　　　　　　　　　　你千万
别在中国登陆：洋奴买办蒋介石
身边将不再有腐败的官僚集团：
等候你们的将是农民们镰刀的丛林
和炸药堆成的火山。

在以往的战争中曾使用灌满水的沟堑，
后来又有带钩带刺的铁丝网，一层又一层，
可这里的沟更大、水更深，
这里的铁丝网比任何金属都不可战胜。
它们是由金属和人的原子共同构成，

① 萨帕塔是墨西哥革命时期的农民起义军领袖。
② 得克萨斯原是墨西哥领土，1848年被美国吞并。

是扭成一个和千百个结的无数生命：
是各地人民古老苦难的结晶，
它们属于所有遥远的王国和山谷，
属于所有的旗号和航船，
属于所有群居的洞穴，
属于所有顶着风暴撒开的渔网，
属于大地所有粗犷的沟壑，
属于所有炽热锅炉的地狱，
属于所有的纺织厂和铸造厂，
属于所有散落或集合起来的火车。
这铁丝能绕地球一千次：
好像是被驱逐，时续时断
但会突然如磁铁般连接起来
直至布满人间。
但是还
不止于此，冻土带和西伯利亚的男人和妇女，
战胜过死神的伏尔加河畔的勇士们，
斯大林格勒的孩子，乌克兰的巨人，
光芒四射，坚定果敢，
意志如钢，笑容满面，
歌唱、战斗
或等候你们来犯，
整个一道宽阔的高墙，筑成它的是石块
和鲜血、钢铁和歌声，勇敢和期盼。
如果你们胆敢碰一碰这高墙
便会被焚烧，像电厂的煤炭一样，
罗切斯特[①]的微笑将会化作黑暗
然后被草原的风吹向四方
最后永远被雪埋葬。
所有战斗过的人们都将到来，
从彼得大帝到新的惊天动地的英雄，

①美国明尼苏达州的城市。

他们将自己的勋章变成小小的冷酷的子弹，
并让它们从
如今欢乐、宽广的全部国土呼啸不停。
而且从那爬满藤蔓的实验室
会有解除桎梏的原子
飞向你们那些傲慢的城市。

5
但愿别发生这样的事情。
让伐木者醒来吧。
让亚伯拉罕带着他的斧头
和他的木碗
来和农民一起用餐。
让他那树皮似的头颅，
他那注视着一块块木板
和圣栎树褶皱的双眼，
升至比红杉树
更高的树冠，
再一次把这世界察看。

让他到药房去买药，
让他乘坐去坦帕的公共汽车，
让他咬一口黄色的苹果，
让他走进电影院，
和所有的普通人交谈。

让伐木者醒来吧。

让亚伯拉罕来吧，
让他那古老的酵母使伊利诺伊
碧绿和金黄的大地充满生机，

让他在自己的国家举起斧头
砍向新的奴隶制，
砍向抽打奴隶的鞭子，
砍向有毒的印刷品，
砍向人们出售的
血腥的商品。
让白人青年和黑人青年
满面春风、高歌向前，
面对黄金的壁垒，
面对仇恨的制造者，
面对倒卖血液的商贩，
高歌，微笑，凯旋。

让伐木者醒来吧。

6

和平属于即将到来的曙光，
属于桥梁，属于葡萄酒，
属于这些文字，它们将我寻觅
并在我的血液中升腾
使古老的歌融合着土地和爱情，
和平属于清晨的城市
当面包觉醒，和平
属于密西西比河，根脉之河：
和平属于我兄弟的衬衣，
和平宛如风留在书中的印迹，
和平属于基辅的伟大的集体农庄，
属于这些和另一些
死者的骨灰，属于布鲁克林
黑色的钢铁[1]，属于像日子一样
挨家挨户送信的邮差，

① 指纽约市布鲁克林钢索桥。

和平属于编舞者，手持喇叭筒
向那些藤蔓高喊，
和平属于我的右手，
它只想写罗莎里奥①的名字，
和平属于像锡矿石
一样神秘的玻利维亚人，
和平为了让你结婚，和平属于
比奥比奥②所有的锯木厂，
和平属于游击战士的西班牙
那破碎的心，
和平属于怀俄明③小小的博物馆
那最温情的展品：
一个枕头上绣着一颗心。
和平属于面包师和他的情侣们
和平也属于面粉，
和平属于所有要萌生的麦苗，
和平属于所有寻找树荫的爱情，
和平属于所有的土地和水，
和平属于所有活着的人。

在此我要告别了，
我要回家，
魂牵梦绕的帕塔戈尼亚，
风在那里敲打着畜栏，
冰块溅出了洋面。
我不过是一位诗人：我爱你们所有的人，
我在自己热爱的世界上流浪：
在我的祖国，矿工被关进牢中，
士兵向法官发号施令。
但是我热爱自己寒冷的小国
直至它的每一条根。

① 暗指诗人的第三位妻子马蒂尔德·乌鲁蒂亚。
② 智利最大的河流，全长三百七十公里，入太平洋。
③ 美国的州。

即使要死一千次，
我愿一千次死在那里；
即使要生一千回，
我愿一千回在那里生……
在野生的阿劳科杉附近，
迎着南极的劲风，
听着新买来的钟的响声。
但愿谁也不要将我思念。
让我们想一想整个世界，
将爱情拍在桌面。
我不愿鲜血再将面包、菜豆
和音乐浸染，我愿矿工、女孩
律师、海员、布娃娃的制造者
和我一起走进电影院，然后

出来畅饮最红的葡萄酒。

我来这里是为了歌唱
为了让你和我一起歌唱。

［**诗人小传**］曼努埃尔·德尔·卡布拉尔（1907—1999）是多米尼加最重要也是作品在美洲大陆传播最广的诗人。其早期诗作属于极具个性的大众主义、本土主义和地域主义，和故土以及美洲大陆的人文、社会、政治问题密不可分。但很快就转向更具普遍性的主题和在表现形式上强劲有力的创新。主要作品有《路标》《水的颜色》《黑人诗歌12首》《沉默的传记》《黑色回归线》《孟老兄》《在大海这边》《秘密宾客》《性与灵》《两首大陆的歌和一些永恒的主题》《被玷污的岛屿》《反时间》《爱与性的诗篇》《大海的便签》《诗歌全集》等。

黑人，你家中一无所有

卡布拉尔

一

我见你挖掘过黄金
——没有土地的黑人。
我见你从地下采过硕大的宝石
——没有土地的黑人。
我见你从地下开采煤炭
宛如一块块开采自身。

我见你上百次播种耕耘
——没有土地的黑人。
你落在地上的汗水
永远流不完。
你痛苦的汗水
比雨水更能肥田。
你流汗，流汗，都只为那个家伙
他有上百条领带、四辆豪华轿车
却从没到田里去过。
土地要属于你
只有等到你不再劳作。

二

但终究不能将你剥夺干净……
在你赤裸的脚下还有庄严的黎明。
（人们不能说这是个渺小的时代。）
从你的脊背上掠过熔化的天空：
脊椎的哭泣，辛劳的白天，
而工资却是一片黑暗。

我从未见你睡过……从未见……
赤裸的双脚
不让你睡眠。

你只挣一角钱，每天一角钱。
温顺的泥土：我理解你……
你挣的钱多么干净，
你的手多么干净，
可能你的家里
只有肮脏的床，
肮脏的衣服，

肮脏的身体，
但大写的“忍”字却得到了清洗。

三

如此悲哀的黑人，如此悲哀
在你的任何表情上我都能找到世界。

你离无人格之人这么近，
你的微笑却能洗净
我的生命，而任何别的东西
都不能。

我愿接近你，不过要像
河流汇入大海，有时从你的眼睛
流出忧伤的海洋，
它能将你盛下，但你却无法将它容纳。

你的任何东西都会使你悲痛，
你的任何东西，比如：你的明镜。

你的沉静，你的话语，你的耐心，
你的冲动，无不用肌肉构成。

你的眼泪不会像落下的水滴
一样。话语也不会落在地上。

四

温顺的黑人，
你简直没有一点用
全不如
面对天空的水坑。

只有你叛逆的微笑
挂在痛苦上，
像一朵勇敢的百合
在沼泽里生长。

然而
柔软的泥巴，
安分的黑人：
今天从你的眼睛发出了大地的呐喊，
你的眼睛在受苦时发出了声音。

（1942年）

一把土

坎波斯·塞维拉

一

一把土
来自你深邃的疆域；
来自你永恒的孤独；
来自你苍白的前额——
挂满胚芽的啼哭。

一把土，
带着盐分纯朴的情意
和根失去保护的温柔。

一把土在双唇中
带着你的死者们的血液和笑容。

[诗人小传] 埃里伯·坎波斯·塞维拉（1908—1952）生于巴拉圭首都亚松森，是“40年一代”最重要的诗人，巴拉圭当代文学的奠基人之一。1947年被迫出国，一些诗作反映了他对故土的思念和在布宜诺斯艾利斯的流亡生涯带来的痛苦。尽管只有《赎回的骨灰》和《秘密之人》这两部诗作，但他对巴拉圭文学的影响是决定性的，在两位知名作家——埃尔维奥·罗曼罗和罗阿·巴斯托斯的作品中，其影响深刻。

一把土
将来自死亡时的全部寒气
移向它燃烧着的年纪。

你缓慢的丛林的残影
保护我梦中的眼睛。
我爱过你橘花飘香的夜晚；
爱过你森林里炎热的中午；
爱过在你掩埋你的
坚硬的海岸下储藏的矿物
也爱过你怀中的林木。

这是对你的爱——
祖国啊，我的快乐和悲哀，
这是我对你的爱。

二

现在我又赤裸着身体。
在记忆的悬崖上
赤裸而又绝望；
迷失在崎岖的黑暗中，
赤裸而又绝望；
在你的血液坚实象征的
远方，远方。

我已没有你群星闪烁的茉莉，
也没有你森林环抱的夜曲。
既没有你的吉他和利刃的岁月
也没有你的天空被忘却的清晰。

我呼喊你的名字，就像一块岩石

或一声叫嚷，当我寻求
回到你伟大名字的身旁，
我知道岩石还是岩石，河水
在逃离你被压弯的脊梁，
鸟儿用高高下垂的树梢作为悬崖，
保护它的歌声和翅膀。

三

然而当我在不同的云下面行走，
异乡村镇虚构的形象
使我突然想起你的模样。

通过无法排解的孤独或音乐
和麦田里盲目的道路，
我发现你在我身边漫延
戴着殉道者的王冠
和泡林藤与柑橘树纯洁的怀念。

你在我心里：用我的脚步行走，
用我的喉咙说话，在我的钙质中挺立，
当我每天晚上死去时，你也在死去。

你所有的旗帜都在我心上，
还有你勤劳朴实的双手
和你那无法修复的小小的月亮。

你的地理特点
不可避免——
其准确性似星移斗转——
浮现在我面前；
你滂沱大雨般的头发，

大海的怀念
和无限沉重的干渴的平原。

我住在你身上，你住在我心里：
我沉浸在你的创伤，守护着
你的前额，它在死去，黎明在升起。

在和平中我和你一起，
无论赞美或仇视
都不能将我和你的纽带割断：
我知道自己正将你的根和精华
带在我肩上的山峦。

一把土：
这是我对你的思念，
也是我对你的眷恋。

宣言

帕　拉

女士们，先生们，
这是我们最后的语言。
——最初和最后的语言——
诗人已走下神圣的奥林匹斯山。

对我们的长辈
诗歌是豪华之物
但对我们
则是头等重要的必需品：
没有诗歌，我们无法生存。

[**诗人小传**] 尼卡诺尔·帕拉（1914—2018）是为数不多的学理工科的诗人。他从少年时起就写诗，于1937年发表《无名歌集》，其根源是民间和外省的歌谣。他的独特贡献是于1954年发表的《诗歌与反诗歌》，这使他置身于智利现代诗坛杰出创新者的行列。这是他面对智利和拉丁美洲诗歌过分雕琢的鲜明的态度。"反诗歌"以准确、散文化和黑色幽默的语言写成。他的诗作有《无名歌集》《诗歌与反诗歌》《悠长的奎卡》《沙龙的诗》《俄罗斯的歌》《教授们》《特殊装置》《手稿》《艾尔基基督的训诫与说教》《使警察迷失方向的笑话》《圣诞歌谣》《帕拉的诗叶》等。

和我们的长辈不同
——我这样说，对他们满怀崇敬——
我们认为
诗人不是炼金术士
他像大家一样普通：
像砌墙的泥瓦匠，
做门窗的建筑工。

我们的会话
用日常话语
我们不相信神秘的启迪。

此外还有一件事理：
诗人在此
为了树木在生长时不会弯曲。

这就是我们的口信。
忠告万能的诗人
忠告“廉价”的诗人
忠告咬文嚼字的诗人。
所有这些先生
——我这样说，对他们满怀崇敬——
应受到起诉和审讯
因为他们将城堡建在空中
他们浪费了时空
为月亮写下一首首十四行
按照巴黎的最新模式
毫无目的地将词语聚拢。
我们可不能这样：
思想不是从嘴里诞生

而是从心灵的心灵。

我们摈弃
戴墨镜的诗歌
穿袍挎剑的诗歌
戴宽边礼帽的诗歌。
相反，我们提倡
睁大眼睛的诗歌
袒露胸膛的诗歌
光头的诗歌。

我们不相信美人鱼和仙女。
诗歌应该这样：
不是绝对的虚无
应是置身于麦穗中的姑娘。

然而，在政治领域
他们，我们最近的祖先
我们善良的最近的祖先
每当经过多棱镜前
便会折射并分散！
少数人成了共产主义者，尽管
我不知他们是不是真的共产党员。
就算他们是共产党，
我也知道另一件事情：
他们不曾是人民的诗人
却曾受资产阶级的尊敬。

要如实地讲述事情：
只有一两个人
懂得深入人民的心灵。

每一次只要有机会表明
他们便用语言和行动
反对有方向性的诗歌
反对现时的诗歌
与无产者的诗歌抗争。

就算他们曾是共产党员
但他们的诗歌却是灾难
是二手的超现实主义
三手的颓废主义
被大海冲回的破旧的木板。
无关紧要的诗歌
鼻音与喉音的诗歌
随心所欲的诗歌
从书本上抄来的诗歌
建立在
口头革命基础上
而不是建立在
思想革命基础上的诗歌。
为了几个挑选出来的
有不良嗜好的群体的诗歌:
“表现绝对自由”的诗歌。
今天我们会吃惊地问
为什么要写那些东西
为了吓唬小资产阶级?
要知道,只有关系到胃
小资产阶级才会考虑。
时间在可悲地逝去!

诗歌能使他产生什么恐惧!

形势就是如此：
当他们在创作
黄昏的诗歌
黑夜的诗歌
我们在争取
黎明的诗歌。
这就是我们的声音，
诗歌的光辉
应平等地照耀所有的人
诗歌会到达所有的人。

这就是一切，伙伴们
——我说此话时的确心怀敬意——
我们谴责
小小上帝的诗歌
神圣奶牛的诗歌
愤怒公牛的诗歌。

我们反对浮云的诗歌
主张脚踏实地的诗歌
——冷静的头脑，火热的心
我们是坚定的脚踏实地主义者——
我们主张自然的诗歌
广场的诗歌
社会抗议的诗歌
反对咖啡馆的诗歌
反对沙龙的诗歌。

诗人已走下奥林匹斯山坡。

（1963 年）

为玛丽莲·梦露祈祷

卡尔德纳尔

主啊
请接受这位世人皆知的姑娘
她的名字叫玛丽莲·梦露，
尽管这并非她的真实姓名
（但是你知道她的真实姓名：
九岁就被强暴的孤儿
十六岁想自杀的小售货员）
此刻她在你面前，没有化妆
没有新闻发言人
没有摄影师也没有亲笔签名
孑然一身像宇航员面对太空的夜晚。

她儿时曾梦想自己赤裸在教堂
（据《时代周刊》所讲）
人群跪倒在面前，头贴着地面
为了不踩到那些脑袋，她必须踮起脚尖。
你比精神病学专家更了解我们的梦想。
教堂，房屋，洞穴，像母亲的怀抱那么安全
但是也不尽然……

显然，那些头是崇拜者
（黑暗中在一束光下的那一堆头颅）。
但神殿并非二十世纪福克斯电影公司的片厂。
大理石和黄金的神殿是她的躯体的殿堂
“人子”在那里用鞭子驱赶福克斯公司的摊主
他们把你的祈祷之家变成了窃贼的洞窟。

主啊

［**诗人小传**］埃尔内斯托·卡尔德纳尔（1925—2020），生于尼加拉瓜的格拉纳达。他是诗人、神甫和革命者。曾在墨西哥和纽约的哥伦比亚大学学习。1950年回国并参加反对索摩查军事独裁政权的革命。他一直密切与桑地诺民族解放阵线合作。1979年革命胜利时，他被任命为新政府的文化部长。后于1994年退出桑地诺解放阵线，以抗议政府的独裁并支持桑地诺革新运动。2009年获聂鲁达西班牙语美洲诗歌奖，2012年获索菲亚王后西班牙语美洲诗歌奖。诗作有《无居民的城市》《讽刺诗》《午夜零时》《生在仁爱中》《诗篇》《为玛丽莲·梦露祈祷》《可疑的海峡》《向美洲印第安人致敬》《民族颂歌》《关于马那瓜的预言》《索伦蒂纳梅的福音》《摩天》《宇宙之歌》等。

在这被罪过和辐射污染的世界，
你不会只怪罪商店的一个小售货员
她像所有小售货员一样梦想成为明星。
她的梦想成了现实（但如同色彩斑斓的电影）。

她只是按照我们安排的场记的要求表演，
——我们自身生活的场记——，那是个荒唐的场记员。

主啊，请你原谅她，也原谅我们
原谅我们的二十世纪公司
原谅那巨大的超级产业，我们都曾在那里工作。
她有爱的饥渴而我们却给她镇静剂。
为了不能成为圣徒的悲哀
向她推荐精神分析疗法。

主啊，你记得她对镜头日益增长的恐惧
和对化妆的仇恨——每一场都要化妆——
恐怖怎能不越来越可怕
去制片厂怎能不越来越拖拉。

她梦想成为电影明星像所有小售货员一样。
她的生活是不现实的如同精神病医生
诊断和归档的梦想。

她的浪漫不过是一个闭上眼睛的吻
当她睁开眼睛
发现是在聚光灯下
而且人们熄灭了聚光灯！
并拆掉卧室的两堵墙壁
（那是个拍电影的场景）
导演拿着文件夹扬长而去

因为那一场已拍摄完毕。

或者如乘游艇旅行，在新加坡的吻，在里约的舞
温莎公爵和夫人在官邸的接见
在可怜的公寓门口被人发现。

影片结束但没有最后的吻。
人们发现她死在床上手握着电话机。

侦探们不知她要打给谁。

那情景
好像有人拨了那唯一友好声音的号码
只听一个录好的声音回答说：
拨错号了
要么就像有人被抢劫犯所伤
把手伸向
一个被掐断的电话。

无论谁是她要呼叫
而没有叫的人（或许就没有此人
要么是洛杉矶的电话簿上没有他的号码）
主啊：请你回她的电话！

（1965 年）

改　变

赫尔曼

“得意的人们不要忘记 / 当你们到达墓地
普通人和权贵们 / 平等地待在那里”

［**诗人小传**］胡安·赫尔曼（1930—2014）生于阿根廷首都布宜诺斯艾利斯。十一岁开始写诗，1954 年任《我们的誓言》和《时刻》编辑，兼中国新华社记者。赫尔曼一向忠于自己对社会正义和诗歌创作的双重承诺。他发表了近四十部诗歌和散文，在不同国家获得过多个奖项，其中包括阿根廷国家诗歌奖、聂鲁达诗歌奖、索菲亚王后奖和塞万提斯文学奖。诗作有《小提琴及其他问题》《我们的游戏》《探戈》）《霍乱牛》《向南》《在下方》《给母亲的信》《不敬神者的酬劳》《本该说我爱你》《试探黑夜》《炽热的职业》《漫游》等。

然而我们不要死后的平等
我们要生前的平等
生前的正义

那个铁路员工为何那么伤心
清早倚在车站的栅栏上？
他为什么双目无神
看不见从身边走过的任何人？
他为什么这样伤心？
为什么国内痛苦的男人和女人多得不行？
为什么有时好像有一股痛苦的浪潮席卷全城？
为什么有那么多人从眼里冒出痛苦？
为什么这痛苦会在夜晚拍打窗棂？

这些思考涌入我的心房
我被置于狱中 4 号牢房高高的床上
欧亨尼奥在下面听他的收音机
牢房内缓缓掠过一缕阳光
这缕阳光为何从那里掠过？
欧亨尼奥被折磨得腰弯背驼，但他什么也没说
欧亨尼奥是一个温柔脆弱的工人
他们从他的嘴里一无所获

欧亨尼奥的女人有时会无缘无故地哭泣
总是无缘无故地哭泣并离开家一两个星期
离开欧亨尼奥一两个星期
此时一缕阳光从牢房缓缓过去

我呢？我为什么在听欧亨尼奥痛苦的爆发
既然知道像他这么纯洁的人极为罕见？

难道他的纯洁不能为他抵御痛苦？
他有时会双目无神看不见任何人走过他的身边？

在对面的牢房
普通的犯人既没有床铺也没有床垫
半夜时会发一个垫子但他们要赤身裸体地
去找，否则他们如何入眠

狱卒们强迫普通犯人裸体奔跑
匍匐在地上爬行去寻找床垫
冬天不给犯人楼冰冷的地板升温
欧亨尼奥的背更驼了
当犯人们的骚乱撞击 4 号牢房的房门

那些声音能将欧亨尼奥痛苦的爆发遮掩？
欧亨尼奥现在正迸发愤怒的火焰？
痛苦会凝结成怒火燃烧的飞鸟？
凝结成世上穷人的痛苦引爆怒火冲天？

这位铁路员工的痛苦将化作愤怒？
愤怒的浪潮会将全城席卷？
席卷监狱牢房中的床铺？
牢中冰冷的瓷砖、普通犯人和我们将被点燃？

我们不仅要死后的平等
更要生前的平等
要生前的公正
尽管生命短暂而死亡永恒

俄语诗歌的历史和特征

刘文飞

俄语诗歌的历史不算悠久，成就却很高，它在数百年间推出大批杰出诗人，其中的普希金、莱蒙托夫、勃洛克、马雅可夫斯基、帕斯捷尔纳克、茨维塔耶娃、布罗茨基等更被公认为世界级大诗人，俄语诗歌也成为世界文学中最重要的语种诗歌之一。

每个民族的文学史大多起源于诗歌，俄国文学可能也不例外，生活在东欧平原上的东斯拉夫人祖先一定有过他们的口头歌唱，在当今的俄罗斯民歌中依然可以分辨出古代罗斯宗教仪式歌谣和日常生活歌谣的遗迹。基辅罗斯时期，史事歌（былины）开始出现，这是一种用歌谣的形式进行的历史叙事，近似小型英雄史诗，可视为俄语诗歌的源头。在基辅罗斯于988年接受基督教之后，与书面宗教文学的形成同步，出现了书面的宗教诗歌（духовные стихи），这为俄语书面诗歌的发展奠定了基础。12世纪末，英雄史诗《伊戈尔远征记》（Слово о полку Игореве）横空出世，这部作品以罗斯王公伊戈尔一次失败的征战为描写对象，表达了让俄罗斯人团结起来的愿望，作为俄罗斯民族意识最早、最成功的文学表达，这部史诗也被视为整个俄国文学的第一座丰碑。

然而在此之后，俄语诗歌却像俄语文学一样，在数百年间发展缓慢，直到17世纪才开始突飞猛进。西梅翁·波洛茨基（Симеон Полоцкий，1629—1680）作为俄国历史上第一位有名有姓的诗人，将波兰等国的音节诗体（силлабическое стихосложение）引入俄语，他写下数万行诗作，并出版俄语诗歌史上第一部个人诗集《多彩花园》（Вертоград многоцветный，1678）。在彼得大帝实施改革后的18世纪俄国，俄语诗歌也像俄语文学乃至俄国的一切，开始发生众多显著变化：首先，俄国文学史上的第一个文学流派古典主义（классицизм）逐渐形成，而俄国的古典主义文学又以诗歌见长，这一时期的诗歌样式丰富，颂诗（ода）、哀歌（элегия）和讽刺诗（сатира）等体裁相继登场，各领风骚；其次，涌现出特列季亚科夫斯基（Василий Тредиаковский，1703—1768）、罗蒙诺索夫（Михаил Ломоносов，1711—1765）、苏马罗科夫（Александр Сумароков，1717—1777）、赫拉斯科夫（Михаил Херасков，1733—1807）和杰尔查文（Гавриил Державин，1743—1816）等古典主义大诗人，由特列季亚科夫斯基和罗蒙诺索夫等人制定并实践的音节重音诗体（силлабо-тоническое стихосложение），更使俄语诗人从此获得了得心应手的诗歌表达方式；最后，诗歌迅速世俗化，它既服务于国家的宏大愿景，也诉诸个人的具体情感，从而使得诗歌的个性化创作和社会化传播成为可能。所有这一切，均为19世纪俄国诗歌黄金时代的到来奠定了基础，铺平了道路。

被誉为“俄国诗歌的太阳”和“俄国文学之父”的普希金（Александр Пушкин，1799—1837）生于18世纪最后一年，这似乎构成一个征兆，预示19世纪俄语诗歌的辉煌腾飞。在普希金之前的俄国文学中，以卡拉姆津（Николай Карамзин，1766—1826）等人创作为代表的感伤主义（сентиментализм）和以茹科夫斯基（Василий Жуковский，1783—1852）等人创作为代表的前浪漫主义（предромантизм）先后兴起，以拉季舍夫（Александр Радищев，1749—1802）等为发端的启蒙诗人（поэты-просветители）传统和以十二月党人诗人（поэты-декабристы）为发端的公民诗歌（гражданская поэзия）传统，都是普希金及其同时代俄语诗人的诗歌课堂。被称为“最后一位俄国古典主义诗人”的杰尔查文，在皇村中学一次语文口试中发现了普希金的诗歌天赋，而被视为“第一位俄国浪漫主义诗人”的茹科夫斯基，虽贵为沙皇宫廷太傅，却在他送给普希金的画像下方题词，自称“战败的老师”，这两个诗歌史典故最好不过地呈示了普希金对他之前俄国诗歌传统的综合性继承。与此同时，普希金及其同时代俄国诗人又是向世界诗歌开放的，他们大多受过良好教育，精通英、法、德等欧洲语言，他们以古希腊以降的整个西方诗歌遗产为榜样，大量阅读、翻译或改写荷马、但丁和歌德，拜伦、雪莱和海涅，从而使俄语诗歌实现了与欧洲诗歌传统的对接。自19世纪二三十年代起，杰出的俄语诗人不断涌现，在普希金前后又出现了巴拉丁斯基（Евгений Баратынский，1800—1844）、莱蒙托夫（Михаил Лермонтов，1814—1841）、丘特切夫（Федор Тютчев，1803—1873）、柯尔佐夫（Алексей Кольцов，1809—1842）、费特（Афанасий Фет，1820—1892）、迈科夫（Аполлон Майков，1821—1897）、涅克拉索夫（Николай Некрасов，1821—1878）等大诗人，这个璀璨的诗人星座构成了俄国诗歌的黄金时代（золотой век）。黄金时代的俄语诗歌成果丰硕，蔚为大观。从创作方法角度看，黄金时代的俄语诗歌从以巴丘什科夫（Константин Батюшков，1787—1855）为代表的“轻诗歌”（легкая поэзия）到浪漫主义，由普希金、莱蒙托夫等在诗歌中完成由浪漫主义向现实主义（реализм）的转变，再由涅克拉索夫诗派（некрасовская школа）的批判现实主义（критический реализм）诗歌到民粹派诗人（поэты–народники）创作中体现出的自然主义（натурализм）倾向，俄语诗歌大致走过了一条与整个19世纪俄国文学发展历程相仿的道路，虽说俄语诗歌的繁荣与俄语小说的兴盛在数十年间似乎始终是此起彼伏的。从诗歌样式的角度看，19世纪的俄语诗歌也琳琅满目，令人目不暇接。仅以普希金的个人创作为例，从1820年代的“自由诗作”（вольные стихи）到被誉为“俄国生活百科全书”（энциклопедия русской жизни）的诗体长篇小说《叶夫盖尼·奥涅金》（Евгений Онегин），从政治抒情诗《致恰达耶夫》（К Чаадаеву）到不朽的情歌《致凯恩》（К ***），还有题诗、献诗、讽刺诗、诗剧、译诗等等，他的诗歌创作显示出极大的丰富性。纵观19世纪黄金时代的俄语诗歌，我们不难发现其中诸多既相互对峙又相互补充的诗歌种类，比如以普希金为代表的“阳光传统”和以莱蒙托夫为代表的“恶魔传统”的并存，以费特、迈科夫等为代表的“纯艺术诗歌”（поэзия чистого искусства）和以涅克拉索夫等为代表的“公民诗歌传统”的对峙，以斯拉夫派的“哲学家诗人”（поэты–любомудры）为代表的“思想诗歌”和以丘特切夫为代表的“静观诗歌”的相互呼应，以及“苏里科夫诗派”（суриковская школа）的“民歌风格”与民粹派诗人的“仿民歌”之间的互文关系。黄金时代的俄语诗歌是19世纪俄国文学崛起的标志，也是俄国文学介入生活、渗透社会的强大能动作用得以显现的路径之一，俄语诗歌与俄语小说、戏剧、批评等相互借力，齐心协力，共同铸造出俄国文化中别具一格的“文学中心主义”（литературоцентризм）传统。

在以陀思妥耶夫斯基、托尔斯泰和契诃夫等人创作为代表的俄国小说在19世纪晚期攀上世界文学的巅峰之后，俄国文学中又突然再度出现诗歌与小说地位的相互置换，在19世纪末、20世纪初的二十年间，俄语诗歌赢得又一个繁荣期，天才诗人成群诞生，诗歌流派争奇斗艳，构成俄国文学史中一个辉煌的现代主义诗歌阶段，即白银时代（серебряный век）。象征主义（символизм）是俄国白银时代的第一个诗歌流派，它出现在1890年代，其代表人物有勃留索夫（Валерий Брюсов，1873—1924）、勃洛克（Александр Блок，1880—1921）、巴尔蒙特（Константин Бальмонт，1867—1942）、别雷（Андрей Белый，1880—1934）等人，俄国象征诗派虽有彼得堡的“老象征派”（старшие символисты）和莫斯科的“青年象征派”（младосимволисты）等不同构成，但就整体而言，象征主义诗人仍体现出诸多共性，如视诗歌为隐秘情感的主观显现，主张用应和、暗示、隐喻等诗歌手段抵达理智和逻辑等难以抵达的人的内心世界和不可知的彼岸世界，注重诗歌语言的多义性和音乐性等。与作为其最初模仿对象的法国象征主义相比，俄国象征主义逐渐体现出一些独具的特色：首先是对宗教主题和宗教情感的热衷，象征主义甚至被梅列日科夫斯基（Дмитрий Мережковский，1865—1941）等理解为一种“新宗教意识”

（новое религиозное сознание）。俄国象征主义与俄国宗教哲学（религиозная философия）关联密切，弗·索洛维约夫（Владимир Соловьев，1853—1900）的“万物一统”（всеединство）哲学和“永恒温柔”（Вечная Женственность）形象在俄国青年象征派诗人创作中有深刻渗透，他们甚至因此被称为“索洛维约夫诗派”（соловьевская школа）；俄国象征派诗人也把象征主义当成一种世界观，当成一种欲使艺术，乃至人类文明摆脱困境的方式，其最集中表达即别雷提出的“作为一种世界观的象征主义”（символизм как миропонимание）和“创造生活”（жизнетворчество）概念。在俄国象征派之后接踵而至的阿克梅派（акмеизм）、未来派（футуризм）和意象派（имажинизм）等，也同样推出了其杰出代表。阿克梅主义作为对象征主义的反拨，其代表人物古米廖夫（Николай Гумилев，1886—1921）、阿赫马托娃（Анна Ахматова，1889—1966）、曼德尔施塔姆（Осип Мандельштам，1891—1938）等反对象征主义诗歌的阴柔和朦胧，偏爱力度和精确，反对前者的玄学特征和宗教色彩，主张对于事物的客观态度和关于世界的现实精神，在继承象征主义在诗歌语言和技巧方面的经验和成果的基础上，致力于对诗歌张力的发掘，对诗歌形象的造型感的追求。“阿克梅”一词是古希腊语，意为“高峰”“繁荣”，这一称谓体现出该派诗人的一种追求，即用诗歌的手段重温人类的文化和文明，曼德尔施塔姆曾这样回答“什么是阿克梅主义”的问题：“对世界文化的眷念。”（Тоска по мировой культуре.）俄国未来派与阿克梅派一样，致力于对诗歌语言各种可能性的深入发掘，但在对包括诗歌在内的世界文学和文化遗产的态度上，他们却与阿克梅派的立场截然不同，他们主张“给社会趣味一记耳光”，“把普希金、陀思妥耶夫斯基、托尔斯泰等等等等从现代的轮船上扔下去”。俄国未来主义又分为两个团体，即以谢维里亚宁（Игорь Северянин，1887—1941）等为代表的“自我未来派”（эгофутуризм）和以布尔柳克（Давид Бурлюк，1882—1967）、赫列勃尼科夫（Велимир Хлебников，1885—1922）和马雅可夫斯基（Владимир Маяковский，1893—1930）等为代表的“立体未来派”

（кубофутуризм）。立体未来主义影响更大，他们解构传统、哗众取宠的乖张举动成为轰动一时的文化时尚，而他们在诗歌语言领域的大胆革新和陌生化实验，却为之后的俄国形式主义文论以及整个20世纪的现代主义诗歌运动提供了有益借鉴。除象征主义、阿克梅主义和未来主义这三大诗歌流派之外，在白银时代还活跃着众多其他风格的诗人和诗歌团体，比如以叶赛宁（Сергей Есенин，1895—1925）为代表的意象主义，以克留耶夫（Николай Клюев，1884—1937）和克留奇科夫（Сергей Клычков，1889—1937）等为代表的"新农民诗歌"（новокрестьянская поэзия）等。在白银时代诗人中，茨维塔耶娃（Марина Цветаева，1892—1941）和帕斯捷尔纳克（Борис Пастернак，1890—1960）构成例外，他们的创作独立于任何诗歌流派，尽管帕斯捷尔纳克在创作之初曾短暂接近未来派。茨维塔耶娃把不羁的个性、急速的节奏和民歌般的歌唱性带入俄语诗歌，帕斯捷尔纳克则用奇特的隐喻和复杂的句式来表达他对自然和人生的感悟，他俩不仅是白银时代诗歌的杰出代表，也被视为20世纪最杰出的俄语诗人。

十月革命之后，俄苏诗歌从内容到形式也相应地发生了若干重大变化。首先，诗歌"走上了街头"（马雅可夫斯基语），走向了民众，诗歌民主化运动促成诗歌受众的扩大和诗歌主题的现实化，因此生成所谓"革命诗歌"（революционная поэзия）和"无产阶级诗歌"（пролетарская поэзия），政治抒情诗（политическая лирика）体裁得到广泛运用。对十月革命所持的不同态度也导致了俄语诗人队伍的分裂：勃洛克、马雅可夫斯基等将十月革命视为"我的革命"，积极投身新诗歌和新文化的建设事业；大批白银时代著名诗人则流亡海外，如茨维塔耶娃、布宁（Иван Бунин，1870—1953）、吉比乌斯（Зинаида Гиппиус，1869—1945）、霍达谢维奇（Владислав Ходасевич，1886—1939）等，他们在巴黎、柏林等地继续俄语诗歌创作，把俄语诗歌带向世界各地，造就出境外俄语诗歌（зарубежная русская поэзия）这一世界文学史中的罕见现象。1930年代，俄苏诗歌积极呼应苏联社会轰轰烈烈的社会主义建设事业，所谓"生产题材"（производственная тема)、"农庄题材"(колхозная тема) 成为抒情诗和叙事诗的首要主题，吉洪诺夫 (Николай Тихонов，1896—1979)、苏尔科夫 (Алексей Сурков，1899—1983)、特瓦尔多夫斯基 (Александр Твардовский，1910—1971)、伊萨科夫斯基 (Михаил Исаковский，1900—1973) 等典型的苏维埃诗人 (советские поэты) 占据诗坛。这一时期的俄苏诗人被要求遵循统一的社会主义现实主义 (социалистический реализм) 创作方法，但或许由于体裁的特殊属性，苏联诗歌作品的风格似乎更像是社会主义浪漫主义 (социалистический романтизм)，甚或社会主义古典主义 (социалистический классицизм)。苏联卫国战争期间，一大批诗人以笔为枪，把诗歌当作鼓舞苏联军民、打击敌人的有力武器，列别杰夫-库马奇 (Василий Лебедев-Кумач，1898—1949) 的《神圣的战争》(Священная война)、西蒙诺夫 (Константин Симонов，1915—1979) 的《等着我》(Жди меня)、特瓦尔多夫斯基的长诗《瓦西里·焦尔金》(Василий Теркин) 等诗作流传极广，极大地鼓舞了苏联军民的爱国主义激情和战斗精神。与此同时，前线官兵中也涌现出一批诗人，如杜金 (Михаил Дудин，1916—1993)、德鲁尼娜 (Юлия Друнина，1924—1991) 和万申金 (Константин Ваншенкин，1926—2012) 等，他们后被称为"前线诗人"(поэты-фронтовики)。战后数年间，俄苏诗歌像整个苏联文学一样，受"无冲突论"(бесконфликтность) 影响，一度沦为个人崇拜的工具、现实生活的廉价颂歌或"他人的情歌"。在苏联社会 1950 年代中期开始出现的"解冻"(оттепель) 思潮中，诗歌发挥了巨大作用，从女诗人别尔戈丽茨 (Ольга Берггольц，1910—1975) 提出的诗歌应为"自我表现"(самовыражение) 的主张，到茨维塔耶娃、阿赫马托娃和帕斯捷尔纳克等白银时代诗人及其诗歌的"回归"，俄语诗歌再次成为全社会的重要关注对象。稍后，以叶夫图申科 (Евгений Евтушенко，1932—2017)、沃兹涅先斯基 (Андрей Вознесенский，1933—2010) 和阿赫马杜琳娜 (Белла Ахмадулина，1937—2010) 等为代表的"高声派诗歌"(громкая поэзия)，以弗拉基米尔·索科洛夫 (Владимир

Соколов，1928—1997）和鲁勃佐夫（Николай Рубцов，1936—1971）等为代表的“细语派诗歌”（тихая поэзия），以及以奥库扎瓦（Булат Окуджава，1924—1997）、加里奇（Александр Галич，1918—1977）和维索茨基（Владимир Высоцкий，1938—1980）为代表的“弹唱诗歌”（авторская песня），相继称霸诗坛，共同促成了20世纪俄苏文学中一个延续数十年的诗歌繁荣期。与此同时，地下诗歌写作也成为20世纪下半期苏联社会中暗流涌动的地下文学（подпольная литература）的主要组成部分之一，以莱茵（Евгений Рейн，1935—）、布罗茨基（Иосиф Бродский，1940—1996）、库什涅尔（Александр Кушнер，1936—）等为代表的“列宁格勒诗派”（ленинградская школа），以萨普吉尔（Генрих Сапгир，1928—1999）等为代表的“利阿诺佐沃诗派”（лианозовская школа），以库勃拉诺夫斯基（Юрий Кублановский，1947—）等为代表的“斯莫格”小组（СМОГ），以伊万·日丹诺夫（Иван Жданов，1948—）、帕尔希科夫（Алексей Парщиков，1954—2009）等为代表的“青春诗歌”（молодая поэзия）等，均在不约而同地进行具有社会反抗性和艺术反叛性的诗歌实验，他们的创作与得到公开认可的官方和半官方诗歌形成互补，共同构成20世纪下半期俄语诗歌的青铜时代（медный век）。

在苏联解体前后的俄语诗坛，后现代主义（постмодернизм）开始浮出水面。俄国后现代主义文学体现出强烈的非官方立场，以解构苏维埃文化和社会主义现实主义创作方法为己任。在20、21世纪之交的俄国后现代主义诗歌运动中，概念主义（концептуализм）和元现实主义（метареализм）被视为两大主要流派，前者以普里戈夫（Дмитрий Пригов，1940—2007）、鲁宾施坦（Лев Рубинштейн，1947—）、吉比罗夫（Тимур Кибиров，1955—）等为代表，后者大多由苏联解体前的青春诗歌成员构成。进入21世纪后，俄国后现代主义诗歌风光不再，在其后出现一些个性化的诗歌创作探索，比如谢达科娃（Ольга Седакова，1949—）试图借助诗歌表达新宗教意识，阿梅林（Максим Амелин，1970—）意在通过诗歌创作对接古代文化和文明，雷日

（Борис Рыжий，1974—2001）则尝试在其创作中实现对俄语诗歌遗产的综合性继承。在这一时期，用俄语写作的楚瓦什诗人艾基（Геннадий Айги，1934—2006）也逐渐赢得世界声誉。有学者用“后现实主义”（постреализм）或“新现代主义”（неомодернизм）来概括当代俄语诗歌，乃至整个当代俄国文学。不过就整体而言，苏联解体之后，俄语诗歌的社会影响呈逐渐下降趋势，被全社会热烈捧读的当代诗人寥寥无几，俄罗斯人的主要诗歌审美对象似乎仍是白银时代的诗歌，乃至黄金时代的经典。

将数百年间的俄语诗歌当作一个有机整体，我们大致可以对其特征做出这样几点归纳：

首先，诗歌在俄国的文学、文化乃至整个社会生活中始终占据着重要位置。俄国作为一个后起的欧洲国家，自彼得大帝改革起就一直谋求在政治、军事和经济等方面与欧洲列强平起平坐，同时也试图在文化上迎头赶上，甚至弯道超车。19 世纪的俄国文学率先为俄罗斯民族完成了这一重任，从普希金到托尔斯泰，19 世纪的俄国文学构成世界文学史中的一座新高峰，而 19 世纪俄国文学的崛起标志就是以普希金为代表的黄金时代诗歌。陀思妥耶夫斯基在莫斯科普希金纪念碑落成典礼上发表的著名演说中说道：普希金的出现，彰显了俄罗斯民族对于世界文化的呼应能力，反过来，普希金作为一位体现着俄罗斯性格和俄罗斯理念的“全人”（всечеловек），也能对世界文化产生其独特影响。到了托尔斯泰时代，整个欧洲和世界都开始惊叹俄国作家的创造力，换句话说，19 世纪的俄国文学在一定程度上改变了整个世界对于俄国和俄罗斯人的看法，用俄国科学院俄国文学研究所巴格诺（Всеволод Багно，1951—）院士的话来说就是：“俄国小说在西欧社会舆论的调性转换中发挥了决定作用，不从政治和经济局势出发的评价、认识和概括发生了转变，由轻蔑、责难和声讨转变为好奇、同情和赞赏。”（《西方的俄国观》）俄国文学从此成为俄罗斯民族最拿得出手的国家名片，为俄国赢得了文化上的自信和自豪。作为俄罗斯民族意识的集中体现，包括俄语诗歌在内的俄国文学反过来也在塑造着一代又一代俄罗斯人的身份认同，帮助他们构建出一个审美的想象共同体。因此，俄国文化中很早便出现了“文学中心主义”现象，即文学在社会生活中始终占据着一个相当重要的地位。文学被视为意识形态工具，作家被视为思想家和社会活动家，文学作品被视为生活的教科书。在俄国，经典作家和诗人是会被“封圣”的，他们的纪念碑被树立在全国各地，他们的故居被辟为博物馆，他们的生平被人们津津乐道，甚至连他们的遗骸也会被迁葬到更方便人们凭吊的地方。而在俄国文学中，诗人因其多姿的生活、多面的创作甚或多舛的命运，往往又会引起更多关注，更多崇敬，他们常常被视为时代的声音、社会的良心和民族的先知。我们试以俄语诗歌史上的一些掌故和事实来佐证这一现象：18 世纪起，俄国宫廷里就有位高权重的诗人，或者说位高权重的大臣们也爱写诗；普希金因为其自由诗作而遭流放，沙皇后来还亲自担任普希金作品的审查人，这反过来也说明，诗人和诗歌在当时社会具有就连最高统治者也不敢忽视的强大影响；自普希金的第一座纪念碑于 1880 年在莫斯科市中心竖立起来之后，普希金以及其他著名诗人的纪念碑如雨后春笋一般出现在俄国的每一座城市，俄国的每一座城市也都有以普希金等诗人的名字命名的街道和公园；俄国著名诗人去世后，为他们送葬的队伍往往绵延数公里，比如 1930 年马雅可夫斯基的葬礼；普希金的生日如今被定为法定节日，即“俄罗斯语言节”（День русского языка），全国放假两天，以供人们在街头广场朗诵普希金的诗作；1960 年代，叶夫图申科曾在莫斯科的卢日尼基体育场举行诗歌朗诵会，听众数以万计；时至今日，在普通百姓的交往中，一本著名诗人的诗集仍被视为最好的礼物；布罗茨基作为俄语诗人中最新一位被圣化的诗人，其位于圣彼得堡的故居博物馆和其位于莫斯科市中心的纪念雕塑都有络绎不绝的访客，甚至连他仅落脚过一天的旅馆，其入口处也已挂上了纪念牌匾……诸如此类的现象还可以继续罗列下去，它们最好不过地说明了诗人和诗歌在俄国历史和俄国社会中的崇高地位，甚至可以说，在 19、20 世纪的俄国文学和文化中始终存在着某种“诗歌中心主义”（поэзиоцентризм）现象。叶夫图申科的一句话最好不过地说明了俄语诗人的这种身份：“诗人在俄国大于诗人。”（Поэт в России больше，чем поэт.）

其次，俄语诗歌风格多样，种类丰富，构成一座琳琅满目的诗歌博物馆。俄语诗歌作为俄罗斯民族审美意识，乃至整个民族意识的艺术显现，似乎也在一定程度上折射出了俄罗斯民族性格的矛盾性和极端性。在前面谈及19世纪俄语诗歌时，我们曾提及两两相对的四个诗歌类型，其实在整个俄语诗歌发展史中，我们都可以看到诸如此类的矛盾组合，或曰有机构成。比如，在俄语诗歌整个发展历史中，似乎一直有知识精英写作和民间写作两股诗歌力量的并立和互补。如前所述，俄语诗歌像世界各语种、各民族诗歌一样也起源于口头诗歌，无论是最初的史事诗还是后来的英雄史诗，都具有显明的民间创作特征。基辅罗斯受洗（крещение Руси）之后，僧侣阶层成为书面文学的生力军，这自然会使包括诗歌在内的俄语文学具有浓重的宗教色彩，甚至教会色彩，但是相较于其他体裁的俄语书面文学，俄语诗歌却体现出了更多的个人情感和娱乐精神，即所谓民间性。自18世纪俄国古典主义文学时期起，诗歌成为国家仪典中装点门面的符号、社交生活中不可或缺的雅趣，乃至社会生活中意义重大的教谕手段，因此，写诗的人要么是朝廷重臣，要么是社会名流，俄语诗歌因此始终带有某种“官方”色彩。与此同时，即便到了19世纪，俄国的识字率依然很低，在接受了良好教育的贵族阶层开始用西欧化的方式写诗作文的同时，一直有来自民间的所谓“自学成才诗人”（поэты–самоучки）不断涌现，如19世纪的柯尔佐夫、白银时代的叶赛宁和新农民诗人、得到高尔基提携的许多“知识派诗人”（"поэты Знания"），直到20世纪中期大量的地下诗歌写作者，其最突出的代表即只上过几年学的布罗茨基。需要指出的是，精英诗歌和民间诗歌在俄语诗歌中既是相互对峙的，也是相互渗透甚至相互转换的，民间诗歌为精英诗歌提供源源不断的民族诗歌养分，精英诗歌则向民间诗歌传递不断变迁的诗歌范式和诗语时尚，其结果，俄语精英诗歌一直很接地气，民间诗歌也不时荣登大雅之堂，获得高度的文学性。比如，俄语诗歌中一直存在着两种面对现实的态度，即入世的公民诗歌传统和出世的为艺术而艺术传统。从《伊戈尔远征记》对于民族意识的高声呼唤到宫廷诗歌在格律音韵上的精雕细琢，从浪漫主义的个人抒怀到现实主义的正义呐喊，俄语诗歌在其成熟过程中便已经历过几番漂移。在19、20世纪的俄语诗歌中，所谓公民诗歌传统和象牙塔诗歌传统更像两条贯穿的红线，前者的体现依次为十二月党人诗歌、涅克拉索夫流派、民粹派诗歌、无产阶级诗歌、社会主义现实主义诗歌和高声派诗歌等，后者的体现则是轻诗歌、为艺术而艺术诗歌、象征主义诗歌、意象派诗歌、自我表现的诗歌和细语派诗歌等，这两股诗歌潮流或此起彼伏，或相互交织，使俄语诗歌在政治抒情诗和室内抒情诗（интимная лирика）、在广场诗歌和沙龙诗歌、在高声派诗歌和细语派诗歌之间获得了充分的腾挪空间。这两种不同的俄语诗歌传统，自然会派生出两种不同的俄语诗歌创作倾向，于是，在俄国诗歌史的不同阶段均存在或保守或激进的两种创作倾向的角力，如古典主义时期启蒙派诗人借助讽刺诗等体裁对古典主义诗歌范式的突破，黄金时期以卡拉姆津、茹科夫斯基和普希金等为代表的文学团体“阿尔扎马斯”（Арзамас）和由保守派组成的“俄罗斯语言爱好者恳谈会”（Беседа любителей русского слова）之间就诗歌语言问题展开的争论，白银时代现代主义诗歌潮流对现实主义文学传统的冲击，解冻时期关于抒情诗实质及其表现形式的讨论，一直到苏联解体前夕后现代主义文学思潮对苏联文化和社会主义现实主义创作方法的解构和颠覆。虽说在俄语诗歌的历史中，一如在任何一种文学中，创作方法的更替未必就呈现为一种逐渐上升的进化过程，但不同创作方法之间的角力、对峙和转换，还是为俄语诗歌的发展提供了源源不断的强大动能。当然，俄语诗歌中还存在着其他一些既相互对立又彼此转化的诗歌种类。比如，白银时代以勃洛克、阿赫马托娃、曼德尔施塔姆等为代表的彼得堡诗歌和以马雅可夫斯基、茨维塔耶娃、帕斯捷尔纳克等为代表的莫斯科诗歌，就各有其历史传统和风格流变，并因此形成俄语诗歌中的彼得堡流派（петербургская школа）和莫斯科流派（московская школа），对这两座都城的诗歌传统构成补充的还有其他一些具有地域色彩的诗歌流派，如以特瓦尔多夫斯基、伊萨科夫斯基等为代表的斯摩棱斯克流派（смоленская школа）。比如，在以茨维塔耶娃、阿赫马托娃等为代表的女性诗歌（женская поэзия）在白银时代俄语诗歌中异军突起之后，俄语诗人队伍就开始呈现出某种性别平衡，对比其他体裁的俄国文学，或对比其他语种、其他民族的诗歌，俄语女性诗歌这一现象都显得十分醒目。20 世纪俄国境内外同时并行两部文学史的奇观，也同样存在于俄语诗歌史中，境内、境外两大俄语诗歌板块间的竞争和互动也构成一道独特的诗歌景观。总之，作为一个整体的俄语诗歌是一个多种风格、多种类型诗歌的有机合成，它长时间置身于诸多对立因素构成的引力场中，从而体现出更大的张力和更多的丰富性。

最后，俄语诗歌在形式上较为规范，俄语诗人至今仍大多遵循较为严谨的诗歌格律写诗。在现代诗于世界范围内兴起之前，俄语诗歌的形式演变大致与世界其他语种诗歌的进化过程相一致。从古代罗斯的民间歌谣到史事歌，再到英雄史诗《伊戈尔远征记》，俄语诗歌有过七八个世纪的口头创作时期。17 世纪，俄国与欧洲包括宗教关系在内的国际交往不断增多，包括文学在内的欧洲文化时尚被输入俄国，身为白俄罗斯僧侣的西梅翁·波洛茨基把波兰等国的音节诗体引入俄语。18 世纪初期的彼得改革，更是让俄国在一切领域与欧洲接轨，自此时起，俄国的文学风尚大致与欧洲保持同步，古典主义、感伤主义、浪漫主义和现实主义等文学潮流也相继出现在俄国文学中。由特列季亚科夫斯基和罗蒙诺索夫等人在西梅翁·波洛茨基的音节诗体基础上制定出的重音音节诗体，也自 18 世纪起成为俄语诗歌的主要格律。这种诗歌格律同时并重重音和音节，在每行诗中，重读音节和非重读音节按固定顺序排列，依据重读音节（即扬格，或曰重音位，以“—”表示）和数量不等的非重读音节（即抑格，或曰非重音位，以“∪”表示）的组合方式，可以变化出如下五种主要诗格，即抑扬格（ямб，∪—）、扬抑格（хорей，—∪）、扬抑抑格（дактиль，—∪∪）、抑扬抑格（амфибрахий，∪—∪）和抑抑扬格（анапест，∪∪—）。当然，在有些诗人的具体诗作中也会出现一些特殊变体，如单重音格（брахиколон）、三音节诗格变体（дольник）和六音节扬抑抑格（гекзаметр）等。这种严谨的诗歌格律被俄语诗人们一直遵循，换句话说，历代俄语诗人大多是写格律诗的，除了自19世纪起就有一些俄语诗人偶尔写作的无韵诗（белый стих）或自由诗（верлибр；свободный стих），除了自20世纪后半期起一些后现代主义诗人对俄语诗体的有意解构。让人颇为诧异的是，即便在以现代主义诗歌为主要构成的白银时代，大多数俄语诗人的大多数诗作也均为程度不等的格律诗。对比同时代的欧美诗人乃至“五四”之后的汉语诗人，俄国诗人在形式上的这种“守旧”姿态颇为令人惊讶。究其原因，或许因为俄语是一种屈折语，不仅具有性、数的变化，而且有着极为繁多的名词变格、动词变位方式，一个名词以及与其搭配的形容词也有多达十二种的变化形式，一个动词同时拥有人称、时态和体的变化，变化也多达十几种！一个单词拥有大量变化形式，这就使得俄语句子中的词序可以随便变动，却不会产生歧义，俄语诗人因此在设置音步、保持格律和选择韵脚等方面获得了更大的可能性和自由度。有这样一个说法，称俄语诗歌格律也像俄语诗歌和俄语文学一样，是世界文学中相对年轻的存在，自身就像一座尚未被充分采掘的富矿。当代俄语诗人库什涅尔（Александр Кушнер，1936—）2015年应邀来华访问，在与中国当代诗人的一次交谈中他曾这样解释他为何依然在写格律诗：“你们中国的诗歌格律已经被使用了两千年，我们俄国诗歌还很年轻，我们的诗歌格律才被用了两百多年，有许多可能性还没有被穷尽，所以我们还可以写格律诗。”不过，俄语诗人用格律诗写成的具有现代感的诗作，无疑会对其汉语译者构成重大挑战，因为在汉语中这两者如今似乎是难以调和的，现代诗就意味着摆脱格律，格律诗就等于诗词，就等于诗歌古董。然而，俄诗汉译也很年轻，比俄语诗歌本身还要年轻，大致与中国现代诗同龄，这其中或许也蕴含着很多可能性，有待我们去做新的尝试。

俄语诗二十首

刘文飞 译

西梅翁·波洛茨基

[诗人小传]西梅翁·波洛茨基（1629—1680），俄语诗人，社会和教会活动家。约在1659年毕业于基辅莫吉拉学院，1656年出家。1664年起居住莫斯科。曾为沙皇子女太傅。西梅翁·波洛茨基是俄语音节诗歌的奠基者之一，其诗集《多彩花园》（1680）为俄语诗歌史上第一部个人诗集。西梅翁·波洛茨基的诗歌具有教谕倾向，充满象征、精致的隐喻、讽喻和夸张，以书面语言和巴洛克风格见长，对后世俄语文学的发展产生了重大影响。组诗《昼与夜》由四首短诗构成，分别描写一昼夜间晨、午、晚、夜四个时段，组诗在内容上有劝喻色彩，在形式上则是作者倡导的音节诗体之样板，即每行诗的音节数均相等。

昼与夜

西梅翁·波洛茨基

一、朝霞

朝霞把红色的光芒洒向了黑夜，
　　它将这个白昼送入了世界，
它在催促人们做事：深水捕鱼，
　　或者是在荒郊野岭里狩猎，
各行其是。有人若在白昼贪睡，
　　他便一定会受苦又遭灾。

二、正午

太阳已经飞奔至天穹的正中，
　　它蒸烤田地，灼伤牲畜，
农人已经躲进了水边的树荫，
　　保持体力，吃喝和午休，
大自然就是如此安排好生活，
　　让万物把规矩严格遵守。

三、傍晚

晚霞预示白昼，傍晚引来黑夜，
　　牲畜入圈，农人回到房屋；
他放下犁耙，开始把面包享用，
　　用食物把疲倦的身体恢复；
用美妙的梦境舒缓困乏的肉体，
　　上帝用梦补偿白昼的辛苦。

四、黑夜

黑夜用恐怖的黑暗笼罩大地，
　　它让满怀恶意的人恶毒，
他心里生出诸多怨恨和诽谤。
　　黑夜也有它有益的乐处。
智者却十分警觉黑夜的黑暗，
　　他爱白昼，不在黑夜失足。

（1678 年）

德米特里耶夫

一只灰鸽在呻吟

德米特里耶夫

一只灰鸽在呻吟，
白天黑夜在呻吟；
它的朋友飞走了，
飞去很久无踪影。

它再也不能咕咕叫，
它再也不能啄麦粒；
它在伤心，在伤心，
无声地流淌泪滴。

［**诗人小传**］德米特里耶夫（1760—1837），俄国诗人、寓言作家、国务活动家，感伤主义代表作家，俄国科学院院士（1797）。1783 年，德米特里耶夫结识卡拉姆津，他不仅视后者为友人，还将后者当作文学导师，无条件地听从卡拉姆津的建议和指教。1791 年，卡拉姆津主编的《莫斯科杂志》上刊出德米特里耶夫的一组作品，其中包括他最著名的诗歌《一只灰鸽在呻吟》，此诗被谱上曲，广为传唱，被视为俄国感伤主义的经典范本，诗人在此诗中追求极端的简洁和诗语的精准，注重发掘富有美学表现力的俄国民歌的各种潜在可能性。

它从柔软的枝头，
飞向另一个枝头，
它在四面张望，
等待亲爱的女友。

它在等……唉！枉然，
这就是它的厄运！
这多情又忠贞的鸽子，
定会消殒，消殒。

它紧紧贴着草地，
鸟喙藏进了羽翼；
不再呻吟，不再喘息；
鸽子……它已入睡！

一只疲惫的母鸽，
突然自远处飞来，
落在爱人的身旁，
在呼唤，呼唤死者。

母鸽在哭泣，在呻吟，
在爱人身边伤心徘徊，
可是……唉！美人啊！
可爱的人儿不再醒来！

（1792 年）

巴丘什科夫

［**诗人小传**］巴丘什科夫（1787—1855），俄国诗人、散文家、翻译家和文学批评家，俄语“轻诗歌”代表。在《论轻诗歌对语言的影响》一文中巴丘什科夫解释道，“轻诗歌”是一种表现个人生活和社会日常生活的诗歌，其中的决定位置属于尘世的“激情和爱情”。诗人把创建“轻诗歌”当作自己的主要特征和功绩。巴丘什科夫对俄语诗歌语言用力甚多，俄语诗歌因他而获得力量，变得既和谐又饱含激情。别林斯基认为，正是巴丘什科夫和茹科夫斯基的作品为普希金强大天才的展示奠定了基础。《我的精灵》一诗是一段动人的爱情表白，诗人在这首哀歌中抒发了他对安娜·福尔曼难以释怀的爱情。

我的精灵

巴丘什科夫

哦，心灵的记忆啊！

你胜过理智的悲伤记忆，
常在遥远的国度俘获我，
用你蕴含着的甜蜜。
我记得亲切词汇的声音，
我记得蔚蓝色的眼睛，
我记得金色的头发，
金色的头发随意盘起。
我记得我无与伦比的牧女
那一身普通的装束，
可爱的形象让我难忘，
无论何处都随我漫游。
我的爱情精灵啊，
她在把离别慰藉；
我入睡了？她靠着床头，
在抚慰悲伤的梦境。

（1815 年）

茹科夫斯基

［诗人小传］ 茹科夫斯基（1783—1852），俄国诗人、翻译家和教育家，俄国浪漫主义的奠基人之一，被视为不止一代俄国作家的教父。1802年，茹科夫斯基结识卡拉姆津，迷恋感伤主义。1808 年，茹科夫斯基写成谣曲《柳德米拉》，这被视为俄国浪漫主义的诞生时刻。1825 年，茹科夫斯基被任命为未来的皇帝亚历山大二世的太傅，茹科夫斯基的传记作家们认为，在这位后来的农奴解放者沙皇的思想观点形成过程中，茹科夫斯基曾发挥重大作用。茹科夫斯基在宫廷有很大影响，他曾设法帮助当时一些失宠诗人，不止一次为普希金说情。哀歌《难以言表》是茹科夫斯基最著名的作品之一，在这首诗中诗人提出一个艺术中的重要问题，即用已有手段似乎无法表达自己的思想和感受。

难以言表

茹科夫斯基

面对神奇自然我们尘世的语言何用？
大自然把美散落在每个角落，
她漫不经心，她随心所欲，
她让多样和统一相互协调！
怎样的画笔能在何处将她描绘？
灵感竭尽全力，勉勉强强，
仅能理解她的一道线条……
难道能把生命赋予死亡？
谁能在语言中把世界再造？
难以言表的一切能被表达？……

只有心灵理解你，神圣的奥妙。
壮丽的时辰时常出现，
傍晚的大地变换容颜，
慌乱的心灵顿时充盈
伟大的天启发出了预言，
心灵被带往无际的远方，
胸中充满异样的感情，
我们想捕捉飞翔的美，
我们想为无名氏命名，
艺术无力地默不作声？
双目所见，静静的天空，
飞翔的云朵像一团火，
这闪亮激流的颤动，
辉煌落日的烈焰中，
这一道道明亮的线条，
有翼的思想能轻易捕捉，
语言能描绘它们的灿烂之美。
但与这闪亮之美的融汇，
这激动我们的含混，
这占卜者的声音，
只有一颗心灵能听清，
这对远方的渴求，
这转瞬即逝的问候
(像微风突然从祖国的草场
吹来，那里有花朵，
有神圣的青春，有期望)，
这对心灵絮语的回忆，
回忆往日的欢乐和痛苦，
这自高空降临的圣物，
这是造物主步入造物，
有什么语言能够描述？……

心灵飞往痛苦，无垠汇成叹息，
只有沉默才能说得清楚。

（1819 年）

致凯恩

普希金

我记得那神奇的瞬间：
在我的面前出现了你，
就像昙花一现的幻象，
就像纯洁之美的精灵。

在无望忧愁的折磨中，
在喧闹生活的纷扰里，
温柔的声久久对我回响，
可爱的脸庞浮现在梦境。

岁月飞逝。骚动的风暴，
吹散了往日的幻想，
我淡忘了你温柔的声音，
和你那天仙般的脸庞。

幽居中，置身囚禁的黑暗，
我的岁月在静静地延续，
没有神灵，没有灵感，
没有眼泪、生活和爱情。

觉醒又降临在心上：
我的面前又出现了你，
就像昙花一现的幻象，

普希金

［诗人小传］ 普希金（1799—1837），俄国诗人、散文作家、剧作家和批评家，俄国新文学的奠基者，俄罗斯现代文学语言的创建者，被誉为“俄国文学之父”和“俄国诗歌的太阳”。普希金早期抒情诗的自由和反专制主题以及他特立独行的个人行为，导致他被流放，即他生活中的“南方流放”（1820—1824）和“北方流放”。在普希金这里，对俄国生活语境的审美把握与对各种欧洲影响的生动接受融为一体。体裁和风格的多样，“简朴和明晰”，诗歌思维的宏大概括力，这一切决定了普希金在俄国文学中的首要位置，他将俄国文学提升到了世界水准。1837 年，普希金在与丹特斯的决斗中负伤死去。《致凯恩》是俄国文学中最动人、最温情的爱情诗之一。普希金在“北方流放”期间与彼得堡的女友安娜·凯恩（1800—1897）再次相遇，为她写下此诗。普希金对于凯恩的爱情似乎并不成功，但这首诗却是关于爱情的不朽颂歌，普希金在诗中告诉大家，爱情可以拯救一个人，使他的灵魂得到提升，使生活充满意义。

就像纯洁之美的精灵。

心儿在狂喜中跳荡，
一切又都为它而复生，
有了神灵，有了灵感，
有了眼泪、生活和爱情。

（1825年）

［诗人小传］莱蒙托夫（1814—1841），俄国诗人、小说家、剧作家和画家，他的作品对19—20世纪俄语作家产生了重大影响。莱蒙托夫的长篇小说《当代英雄》为俄国文学中的心理现实主义小说之形成做出了巨大奉献。1841年7月27日，莱蒙托夫在五山城死于决斗。莱蒙托夫的创作因其丰富多彩的抒情诗而著称，他的诗表达了疏离、孤独、对永恒的渴求等主题。在第二次被流放高加索前夕的1840年4月12日，莱蒙托夫写下此诗。道别晚会在卡拉姆津家举行，诗人的朋友们聚集起来为莱蒙托夫送行。晚会间，莱蒙托夫望着窗外天空上飞驶的乌云，灵感降临，写成此诗。在为送行的朋友们朗诵此诗时，莱蒙托夫潸然泪下。

云

莱蒙托夫

天空中的云，永恒的浪者！
蓝天像草原，你们像珠串，
急促地奔走，像我一样，
从可爱的北国流放到南方。

是谁驱赶你们：命运的裁判？
隐在的嫉妒，还是公开的怨恨？
你们背负着沉重的罪过，
还是朋友们恶毒的中伤？

不，贫瘠的田地令你们厌倦……
激情和痛苦让你们感觉陌生；
永远地冷漠，永远地自由，
你们没有祖国，也没有流放。

（1840年）

最后一位诗人

巴拉丁斯基

这世纪以它铁的路径行进，
人人惦记利益，共同的希冀，
越来越公然，越来越无耻，
时刻觊觎着好处和功利。
诗歌那孩童般的梦境，
在文明的光照下渐渐隐去，
子孙后代沉湎于工业，
已很少对诗歌着迷。

古希腊再度复兴，
为了欢庆的自由，
她团结起人民，
把城邦高举过头；
商船满载货物，
她的科学再度兴旺，
可在缪斯的天国，
却不闻竖琴的歌唱！

衰老世界的严冬闪耀寒光，
寒光！人们苍白，严峻；
但荷马的国度一片苍翠，
山冈、河岸和森林。
神山在盛开！像往日，
缪斯的泉水在流淌；
大自然最后力量的意外之子，
诗人，他在行走和歌唱。

这心地纯洁的人，

巴拉丁斯基

［诗人小传］ 巴拉丁斯基（1800—1844），俄国哲理诗人，其创作赢得了这样一类读者青睐，他们不视文学为消遣读物，而试图在文学中寻觅深刻，通过文学走近真理。巴拉丁斯基的作品就体裁而言大多属于哲理抒情诗。《最后一位诗人》一诗写于1834年，当时诗人年仅34岁，可诗中的抒情主人公已在以“最后一位诗人”自居，此诗也成为作者关于诗人在世界中的地位以及文明发展路径的成熟思考之总结。

把爱情和美丽歌唱，
也歌唱他听闻的科学，
科学的空洞和虚妄：
要用轻浮来医治
转瞬即逝的痛苦，
凡人，在命定的时刻，
大地更好地感受欢畅。

唉，面对冷漠缪斯的崇拜者，
他在歌唱，他充满激情；
像牧场狂暴的风神，
他们在丰富人的内心；
想象被清新的气息激起，
自他们心中不断升腾，
就像爱神阿佛洛狄忒，
在翻滚的波浪间现身。

我们为何不沉浸于
我们微笑的梦境？
我们火热的心不服他们，
只服从胆怯的思绪！
请相信你们悦目的
眼睛中甜蜜的信念，
请相信同情的天空
开启的喜悦发现！

冷酷的笑是给他的回答；
他的指头在琴弦上停住，
他合拢半闭半合的嘴巴，
但他没有低垂高傲的头颅：
他沉思着步入无人之境，

步入一片静默的深处；
放浪的生活不再诱惑，
大地之上也没有孤独！

人的面前只有
不屈的蓝色海洋，
它和蔼热情，
它自由宽广；
它从不变更面容，
自阿波罗神
第一次在天穹
高擎永恒的太阳。

它在莱夫卡斯的峭壁前喧嚣。[①]
歌手立于峭壁，暗自伤神……
他的眼中突然闪现喜悦：这峭壁……
萨福的幽灵！……波涛声声……
法翁的情人在此埋葬
被拒绝爱情的不幸烈火，[②]
阿波罗的后代将在此埋葬
他的幻想，他无用的天赋！

阳光依旧闪烁，
闪烁着冷漠的奢华，
为自己僵死的骷髅
镀一层银，镀一层金；
但海浪把一个人
带入慌乱的情境，
再离开喧嚣的海水，
怀着忧伤的灵魂！

（1835年）

① 莱夫卡斯岛是位于希腊爱奥尼亚海上的一座岛屿。——译注。
② 据说古希腊女诗人萨福爱上水手法翁，因被拒绝而投海自尽。——译注。

你在怒吼什么，夜晚的风？

丘特切夫

你在怒吼什么，夜晚的风？
你为何在疯狂地怨诉？
你奇特的声音是何意义，
时而喧闹，时而低沉凄苦？
你用心灵能听懂的语言
诉说着莫名的苦情，
你在挖掘心灵，时而
激起心中愤怒的声音！……

哦，请别吟唱这可怕的歌，
别唱过去的、故乡的混沌！
夜的灵魂像一个世界，
把钟爱的故事贪婪倾听！
它冲出僵死的胸腔，
欲与无限融为一体！……
哦，别惊醒入睡的风暴，
混沌正在风暴中潜行！……

（1836年）

丘特切夫

[诗人小传] 丘特切夫（1803—1873），俄国诗人、外交官，1857年起为俄国科学院通讯院士。丘特切夫完全可以被称为哲学家，因为他在其诗中不仅欣赏俄罗斯大自然之美，而且还思考自然的规律和存在的虚妄。《你在怒吼什么，夜晚的风？》一诗写于1836年，此诗属哲理和自然抒情诗，其基本主题即人的理智无法理解自然世界。

三套车

涅克拉索夫

你为何躲避开心的闺蜜，
贪婪地把大路张望？
你的脸蛋突然涨红，
你的心里充满慌张。

你为何在疾步奔跑，
把飞驰的三套车紧跟？……
路过的军官看上你，
他姿势优美地转过身。

他看上你并不稀奇，
每个男人都会爱你：
你的头发黑得像夜，
红色的发带随风飘起。

你黝黑的面颊泛红晕，
衬托出纤细的绒毛，
你调皮的眼睛大胆张望，
躲在弯弯的眉毛下方。

黛眉的姑娘含羞顾盼，
充满让人忘情的魔力，
能叫老人倾家荡产，
能叫青年爱情沸腾。

你尽量开心地过日子，
生活会变得充实轻松……
否则你就要认命，
变成庄稼汉的丑媳妇。

围裙高高系在腋下，
勒住丑陋的乳房，
蛮横的丈夫会揍你，
婆婆会让你疯狂。

你会早早地枯萎，

涅克拉索夫

[诗人小传] 涅克拉索夫（1821—1878），俄国诗人、散文作家、批评家和出版家，他被视为俄国“公民诗歌”传统，乃至19世纪俄国现实主义文学的奠基者之一。他的诗作反映了俄国农民的悲惨命运，其包括《谁在俄罗斯能过好日子》在内的具有民间性和讽刺性的长诗，构成俄国文学的宝贵财富。在《三套车》一诗中，涅克拉索夫揭示了一位农家少女的艰难命运，她在幻想纯洁却无望的爱情。

由于生活的艰辛，
你会沉入永久的噩梦，
拉扯孩子和家庭。

你鲜活灵动的脸庞，
会突然变得阴郁，
现出呆滞的忍耐，
莫名的永久恐惧。

当你走完你艰难的路，
人们掘开潮湿的坟墓，
埋葬徒然熄灭的力量，
埋葬无法温暖的胸脯。

你别忧伤地张望大路，
你别跟随三套车跑，
赶紧熄灭你的惊慌，
你心中泛起的忧愁。

你追不上疯狂的三套车：
马儿健壮，膘肥体壮，
车夫醉了，年轻的军官
正奔向另一个姑娘……

（1846年）

斯卢切夫斯基

［诗人小传］ 斯卢切夫斯基（1837—1904），俄国诗人。1861年自军中退伍后，他曾在巴黎、柏林和海德堡等地留学，后于1865年在海德堡获哲学博士学位。1891—1902年间，斯卢切夫斯基担任《政府导报》主编。斯卢切夫斯基的诗中已开始出现对现代主义的探索，这在《我看见我自己的葬礼》一诗中有所体现。

我看见我自己的葬礼

斯卢切夫斯基

我看见我自己的葬礼。
高高的蜡烛在燃烧，

喝醉酒的神父摇晃香炉，
沙哑的歌手们在唱歌。

我躺在棺材里，头枕
丝绸枕头，宾客聚来，
神父结束送终祈祷，
亲人们纷纷与我道别。

妻子带着有趣的疯狂，
亲吻我布满皱纹的脑门，
然后优雅地放下面纱，
和她的表兄私语声声。

四个悲伤的兄弟姐妹，
（我们的天性难以解读！）
在开心的相见中哭泣，
每个人都获得一份收入。

我的债主们愁眉不展，
心事重重，站在一旁，
他们的目光浑浊贪婪，
他们在放肆地东张西望。

仆人们在门外祷告，
在道别失去的地盘，
肥胖的厨师在厨房，
专心对付发酵的面团。

馅饼已经做好。掩埋
我毫无知觉的尸骨，
亲人、仆人和客人，

葬宴上全都饭饱酒足。

(1859 年)

爱 情

维·伊万诺夫

我俩是雷电烧焦的两根树干，
是夜半松林里的两堆火焰；
我俩是夜空飞过的两颗流星，
是同一种命运的双头利箭！

我俩是两匹飞奔的骏马，
被同一位骑手把控驾驭；
我俩是同一个眼神的双眸，
同一个幻想的颤动双翼。

我俩是一对忧伤的幽灵，
守护神圣的大理石陵墓，
古老的美神在其中安卧。

我俩是一个秘密的两张嘴巴，
我俩是同一座斯芬克斯像。
同一座十字架的左臂右膀。

(1901 年)

维·伊万诺夫

[诗人小传] 维亚切斯拉夫·伊万诺夫（1866—1949），俄国象征派诗人、哲学家、翻译家和文学批评家，白银时代的思想源头之一。在莫斯科中学毕业后，伊万诺夫起先在莫斯科大学历史语文系学习，后留学柏林大学。1905 年，诗人定居彼得堡，他的住所成为“象牙塔”，年轻象征派诗人每周三在此聚会，使这里成为俄国象征派的思想中心之一，成为诗人们的“创作实验室”。伊万诺夫一生的最后三十年在意大利度过，他主要从事古希腊罗马时期和中世纪作品的翻译工作。诗集《傍晚的光》是他文学创作的总结，这部诗集在他去世后于 1962 年在牛津出版。伊万诺夫诗歌的主要主题即死亡以及随之而来的重生，绝望以及随之而生的希望。

俄罗斯

勃洛克

又像是在黄金的岁月，

三副磨损的挽具在颤动，
描上颜色的辐条
陷入松软的车辙……

俄罗斯，贫瘠的俄罗斯，
对于我，你灰色的木屋，
你随风飘扬的歌声，
就像初恋的泪珠！

我不会把你怜惜，
我把十字架小心背起……
请把你大胆的美丽
交给你中意的巫师！

任他诱惑，任他欺骗，
你不会倒下，不会失踪，
只有忧虑会袭来，
笼罩你美丽的面容！……

没什么，忧虑再多，
泪水的河流再汹涌，
你依然如故，森林和田野，
齐眉的绣花头巾……

这不可能的可能，
遥远的路也很舒服，
当头巾下急速的目光
在道路的远方闪烁，
当马车夫低沉的歌声
道出牢狱的愁苦！……

（1908年）

勃洛克

［诗人小传］亚历山大·勃洛克（1880—1921），杰出的俄国象征主义诗人，曾担任全俄诗人协会彼得堡分会主席。他著有诗集《美女郎诗草》《意外的喜悦》《雪中大地》《夜间集》等，著有长诗《报复》《十二个》等。勃洛克在俄国诗歌史乃至俄国文学史中拥有相当重要的地位，在勃洛克的创作中，俄国象征主义诗歌获得了最高体现。

茨维塔耶娃

[**诗人小传**] 茨维塔耶娃（1892—1941），俄国女诗人，被布罗茨基称为“20世纪第一诗人”。茨维塔耶娃生于莫斯科，其父是莫斯科大学教授，莫斯科造型艺术博物馆创始人。茨维塔耶娃很早开始写诗，1910年出版处女诗集《黄昏纪念册》，两年后出版第二部诗集《神灯》。1911年，茨维塔耶娃在沃罗申位于科克捷别里的家中结识埃夫隆，并在次年一月嫁与他。1922年5月，茨维塔耶娃携女出国投奔丈夫，曾为白军军官的丈夫此时是布拉格大学学生。茨维塔耶娃在布拉格郊外生活三年，在捷克她写下《山之诗》《终结之诗》等佳作。1925年，茨维塔耶娃在儿子出生后与全家一同迁居巴黎。1939年，茨维塔耶娃在丈夫和女儿之后回到苏联，但等待她的是不幸的命运：女儿被捕，丈夫被枪毙。第二次世界大战期间，她和儿子前往疏散地，1941年8月31日，她在小城叶拉布加自缢。茨维塔耶娃的作品体现出沉浸自我的抒情性以及与现实生活的疏离，其

我要收复你

茨维塔耶娃

我要收复你，从所有土地，所有天空，
因为森林是我的摇篮，坟墓是森林，
因为我站在大地，只用一条腿，
因为我为你歌唱，只有我一人。

我要收复你，从所有时代，所有夜晚，
从所有金色的旗帜，所有的宝剑，
我扔掉钥匙，把狗赶下台阶，
因为在尘世的夜我比狗更忠诚。

我要收复你，从所有人，从某个女人，
你不会做别人的夫，我不会做别人的妻，
我要从上帝那里夺回你，住口！——
在最后的争吵，在夜里。

但我暂时还不会为你送终，
哦诅咒！你依然留在你身边：
你的两只翅膀向往天空，
因为世界是你的摇篮，坟墓是世界！

（1916年）

生活是我的姐妹

帕斯捷尔纳克

生活是我的姐妹，如今在汛期，
她像春雨在众人身上撞伤，
可戴首饰的人高傲地抱怨，

像燕麦地的蛇客气地螯咬。

年长者抱怨生活有其理由。
你的理由却无可辩驳地可笑，
你说雷雨中眼睛和草地会变紫，
地平线会散发气息像湿木犀草。

你说五月间在卡梅申铁路支线，
你在包厢阅读列车时刻表，
时刻表比《圣经》更宏伟，
胜过被灰尘和风暴污染的沙发。

你说突然响起刺耳的制动声，
偏僻的酒气冲着和气的乡民，
人们在座位上看是否到站，
太阳落山，向我表示怜悯。

第三遍铃声响起，逐渐飘去，
像一串道歉：可惜不是这里。
窗帘后透出烧焦的黑夜，
草原自通天的台阶跌落。

人们眨着眼，却睡得很甜，
生活她睡得像海市蜃楼，
心像一扇扇车门撒向草原，
它挣扎在车厢的连接处。

（1917 年）

诗歌特征可归纳为非同寻常的个性充盈、情感的深度和想象的力度。

帕斯捷尔纳克

［诗人小传］帕斯捷尔纳克（1890—1960），俄国诗人、作家，1958 年诺贝尔文学奖获得者。帕斯捷尔纳克生于莫斯科，1908 年进入莫斯科大学，1912 年夏在德国马堡大学学习哲学。1914 年起，帕斯捷尔纳克接近未来派团体，但之后像茨维塔耶娃一样大体上持独立立场，未加入任何流派。在最初的两本诗集《云中双子星》（1914）和《超越街垒》（1916）之后，他的纲领性诗集《生活是我的姐妹》为他赢得很大声誉。1950 年代，他的小说《日瓦戈医生》在西方出版，他因获诺贝尔文学奖而在苏联国内遭受的围攻，都是世界范围内轰动一时的文学和社会事件。

纳博科夫

[诗人小传] 纳博科夫(1899—1977),俄裔美籍作家和诗人。纳博科夫生于贵族家庭,童年起即熟练掌握俄、英、法三种语言。十月革命之前,他曾自费出版一部诗集。1919年,他随家庭离开俄国流亡海外,后在剑桥大学接受教育。1922年起,纳博科夫成为柏林俄国侨民中的一员,1927年,他与薇拉·斯洛尼姆结婚。1937年之前,纳博科夫用俄语写成九部小说。二战爆发后,他来到美国,开始用英语写作。包括《洛丽塔》(1955)、《普宁》(1957)、《微暗的火》(1962)和《阿达》(1969)等在内的九部英语小说为他赢得了世界声誉。后来,纳博科夫返回欧洲,1960年起居住在瑞士蒙特勒。纳博科夫不仅是一位伟大的小说家,同时也是一位杰出的诗人。在《相遇》一诗中,诗人描述了他与未来妻子的第一次"相遇"。

相 遇

纳博科夫

愁苦,秘密,欢乐……
像步出慢板的假面舞会
那飘忽不定的黑暗,
朦胧的桥头出现了你。

夜在流淌,你的柔唇,
黑色狼面具的侧影,
全都默默地汇入
绸缎一般的夜幕。

栗子树下,运河边,
你远去,侧身招手;
心灵为何追随你,
你为何让我激动?

在你短暂的温柔,
在你肩膀一转的离去,
我有着朦胧的感受,
那些一去不返的相遇?

只有浪漫的怜惜
或许能让你清楚,
洞穿我诗篇的箭头,
如何在纸上颤动?

我一无所知。诗句
奇怪地颤抖,还有箭头……
或许,无名的你,

就是我真正的等候？

尚未消解的忧伤，
扰乱我们的星夜时光。
像两颗珍珠返回夜空，
你的眼睛并未闪亮。

会很久吗？永远？
我继续浪游，倾听
照耀我们相会的星星，
如果你是我的命运……

愁苦，秘密，欢乐，
像是遥远的祈求……
如果你是我的命运，
我的心将不再浪游。

（1923 年）

马雅可夫斯基

［**诗人小传**］马雅可夫斯基（1893—1930），苏联时期最杰出的俄语诗人。马雅可夫斯基在父亲于 1902 年去世后随母亲来到莫斯科，就读于第五中学。在莫斯科，马雅可夫斯基接触到一些具有革命情绪的大学生，后因参加地下活动三次被捕，他在狱中开始写诗。1911 年，他进入莫斯科绘画、雕塑和建筑学院，不久接近立体未来派。他的第一首诗作题为《夜》（1912），被收入未来派文集《给社会趣味一记耳光》。十月革命被马雅可夫斯基称为“我的革命”，十月革命后，诗人积极参与“新文学”的创建工作，成为“列夫”（左翼艺术阵线）团体的领袖。1922—1924 年间，马雅可夫斯基多次出国，写下许多记录欧洲观感的诗文。1930 年 4 月 12 日，马雅可夫斯基在莫斯科开枪自杀。马雅可夫斯基以其真诚的激情、强大的诗歌力度和具有现代主义精神的“楼梯式”诗体为 20 世纪的世界诗歌做出了重大贡献。

送 别

马雅可夫斯基

汽车里，
　　兑换最后一个法郎。
“去马赛的车几点发车？”
　　巴黎
　　　　跑过来
　　　　　　送我，
带着她全部
　　　　非人间的美丽。
涌向

眼睛吧，
离别的体液，
我的
心
被感情打出了血！
我愿在巴黎
生活
和死去，
如果没有
这片土地——
莫斯科。

（1925年）

扎博洛茨基

［诗人小传］扎博洛茨基（1903—1958），苏联时期俄语诗人。他1920年进入彼得格勒赫尔岑师范学院，开始写诗。1938年，扎博洛茨基因为“反苏”宣传罪被捕，遭审判。1946年，扎博洛茨基获释，并开始一个新的创作阶段，《在这片白桦树林》一诗就写于这一时期。这首诗的外在结构立足于一个简朴、传神的画面，即宁静的白桦树林、啼鸣的黄鹂和无处不在的死亡构成的对比，其中含有诗人的忧伤、他所经历的一切留下的回声、对个人命运的暗示以及对普遍灾难的悲剧预感。

在这片白桦树林

扎博洛茨基

在这片白桦树林，
远离各种痛苦和灾难，
粉色的晨光在摇曳，
它睁着眼睛观看，
树叶自高枝萧萧落下，
像一道透明的瀑布，
黄鹂啊，为我歌唱吧，
唱我荒凉的生活之歌。

你飞过林中的空地，
在高处看到民众，
你选中了一支木笛，
这笛子普普通通，
你在清新的早晨，

拜访人类的居所，
用朴素苍白的晨祷，
把我的清晨迎候。

可我们是生活的士兵，
原子在偷偷行走，
走在理智的边界，
用白色巨浪掀翻房屋。
战争像疯狂的风车，
在周围舞动翅膀。
黄鹂啊，林中的隐修女，
我的朋友，你为何不唱？

你置身绵延的爆炸，
在芦苇泛黑的河上，
你飞过座座悬崖，
飞过死亡的墓葬。
沉默的漫游者啊，
你在送我走向战场，
一团死亡的云朵，
悬在你的头上。

太阳在大河上升起，
披着朦胧的晨光，
睁开烧焦的眼皮，
死去的我将倒在地上。
颤抖的机枪会静默，
它曾像疯狂的乌鸦聒噪。
于是在我残破的心房，
会响起你的歌唱。

在这片白桦林上方，
在我的白桦林上空，
树叶自高枝萧萧落下，
像一道粉色的瀑布，
一朵花瓣逐渐冷却，
被神的水滴浸透，——
凯旋的早晨终将升起，
在眼中。

（1946 年）

叶夫图申科

［诗人小传］叶夫图申科（1932—2017），苏联时期俄语诗人、作家、导演和剧作家。1952—1957 年间在高尔基文学院学习。1952 年出版第一部诗集《探索未来的人们》，成为苏联作协最年轻的会员。这位年轻诗人登上文坛，恰逢赫鲁晓夫的“解冻”和苏联社会的部分自由化时期。叶夫图申科是“高声派诗歌”的鲜明代表之一。他的舞台表演十分知名，他的作品朗诵会十分成功。叶夫图申科掌握英、西、意、法等多种语言。1991 年，他与美国俄克拉荷马州塔尔萨大学签约，携全家前往美国执教，2017 年在美去世。叶夫图申科曾于 2015 年来到北京接受中坤诗歌奖。《我爱你胜过爱自然》一诗是叶夫图申科写给他最后的爱情——玛丽娅·诺维科娃的，他俩于 1987 年成婚。

我爱你胜过爱自然

叶夫图申科

我爱你胜过爱自然，
因为你就像自然本身，
我爱你胜过爱自由，
没有你自由就是监狱。

我爱你爱得漫不经心，
像爱深渊而非爱辙印。
我爱你胜过各种可能，
我爱你也胜过不可能。

我不顾一切地永远爱你，
甚至醉着爱，甚至无礼，
我爱你胜过爱自己，的确！
甚至胜过单纯地爱你。

我爱你胜过爱莎士比亚，
胜过爱大地一切的美，

胜过爱世间所有的音乐，
因为书和音乐，就是你。

我爱你胜过爱荣誉，
甚至是在将来的世纪，
胜过爱生锈的强国，
因为祖国，这就是你。

你不幸吗？在祈求同情？
你别用乞求激怒上帝！
我爱你胜过爱幸福！
我爱你胜过爱爱情！

（1995 年）

八　月

布罗茨基

你们听不到真话的一座座小城。
可你们干吗要真话，反正都是昨天。
榆树在窗外喧闹，随声附和
只有列车熟悉的风景。蜜蜂嗡嗡。

把路口当仕途，武士如今
成了信号灯；前方还有一条河。
你们能看见自己的那面镜子，
与忘记你们的那些人，都差不多。

被锁进暑热，护窗板裹上谣言
或常春藤，为了防止垮台。
晒黑的少年只穿着裤衩，

布罗茨基

[诗人小传] 布罗茨基（1940—1996），美籍俄语诗人、散文家、剧作家、翻译家，1987年诺贝尔文学奖获得者，1991—1992年间任美国桂冠诗人。他的诗作大多用俄语写成，散文大多用英语写成。布罗茨基被誉为20世纪最重要的俄语诗人之一。1955年，布罗茨基自中学辍学，做过铣工学徒、尸体解剖师助手、锅炉房司炉、灯塔看守人、地质队勘探工等工作。1950年代末，布罗茨基开始写诗。1964年，布罗茨基因“不劳而获罪”受审，并被流放至阿尔汉格尔斯克州诺连斯卡亚村。1972年，布罗茨基被迫离开祖国，后移居美国。他成为密歇根大学“住校诗人”。在此后二十四年间，布罗茨基以教授身份先后在美国六所大学任教。1987年，布罗茨基获诺贝尔文学奖，成为帕斯捷尔纳克之后第二位获奖的俄语诗人。《八月》一诗被视为布罗茨基的绝笔之作，此诗写于1996年1月，诗人在去世前一周把此诗电传给了出版人。直到如今，批评家和研究者们仍在对这首“总结”之作进行分析，试图探究其寻常形象中所包含的隐在内涵和新意义。

跑进前厅，要夺去你们的未来。

因此天黑得很慢。傍晚通常
被铸造成车站广场的模样，有雕像，
那眼神像是在说："你将被诅咒！"
与缺席的民众比例得当。

（1996 年）

阿梅林

［**诗人小传**］阿梅林（1970 年生），俄国诗人、翻译家、文学活动家。1988 年毕业于库尔斯克商业学校，后从军。1991—1994 年间在高尔基文学院奥列霞·尼古拉耶娃研修班学习。1995 年起任"Symposium"出版社营销经理，2008 年起任联合人文出版社总编。他有多部诗集面世，如《冷漠的颂诗》（1996）、《存疑》（1999）、《蛇妖的马》（2003）和《弯曲的话语》（2011）等，另有大量译作和编著。批评家们称阿梅林为"守旧的创新者"，称他的创作方法为"古典主义的后现代主义"。阿梅林是索尔仁尼琴奖（2013）、俄国国家"诗人奖"（2017）等众多重要文学奖项的获得者。

我谴责自己

阿梅林

我谴责自己，我从此，永远，
因为自己的罪过而心痛：
你走了，去往另一个世界，
你注定会消失，无影无踪。

用真理和信念服务一百年，
你在一瞬间裂成两半，——
不，可爱的鲱鱼盘，不，
变成圆形的平行四边形！

我不让你默默无闻地消失，
你曾是不可或缺的部分，
在日常和节日的餐桌，
你或许不珍贵，却很动人。

革命和内战，两次世界大战，
苏维埃政权不停抽风，
九十年代以来，撑破脑袋，
你也只好逐一承受。

对不起，我喜欢鲱鱼盘，
放上洋葱和黄油，很家常，
我用你来盛各种凉菜
或是放上滚烫的熏肠。

一大套餐具中仅剩下你，
你成为无止尽的存在，——
我怎能不穿越时间，
珍藏祖先的记忆和血脉？

一次性世纪的忠诚儿子，
他未把生活用品全砸光：
未被送去三十年代的外汇店，
你未被换成面包或砂糖。

别了，祖传的名牌瓷器！
我无法把你当遗产传递，
但是我相信有专门的天堂，
存放生活用品和神赐。

（2020 年）

日语诗歌掠影

刘德润　王广生

仅文献所见，自秦汉以来，日本列岛就深受中国大陆诸多方面的影响，开始借用汉字广泛学习、训读中国古籍，由此形成了日本自我的文化意识以及列岛内部多元文化内共生的历史事实，并在以汉文化为主要参照系统的文化意识生成中生成了日本自身的文化特色。拥有一千五百余年历史的日本诗歌也不例外，尤其是和歌、俳句，在汉文学（包括汉译佛典）的影响下生成了独特的本土风格，走上了一条不同于中国以“诗言志”为主的传统之路，构建了多元而富有特色的审美体系。

日本诗歌的滥觞可追溯到口头传诵的远古歌谣，但起源年代已经渺不可考。通常认为上古的原始歌谣，是与咒语、祝词相生的一种复合文学形态，同时也是一种歌、乐、舞的混合体。汉字传入日本后，借用汉字形态出现的，首先是汉诗。760年诞生了日本第一部和歌集《万叶集》，稍早的则是《古事记》（712年）、《日本书纪》（720年）中收录的“记纪歌谣”，以及日本贵族模仿我国《文选》中的六朝诗而创作的汉诗集《怀风藻》（751年）。

日本的古典诗歌大体上可分为和歌、日本汉诗、俳句等。《万叶集》是日本文学史上最古老的和歌集，这是一个上起天皇、下至庶民的全民咏歌的时代，歌风清新朴实，雄浑大气。到了平安时代，又诞生了敕撰和歌集《古今和歌集》，和歌从大自然走进贵族殿堂，技巧成熟，呈现出女性化的柔美风格，镰仓时代初期又有《新古今和歌集》问世，歌风梦幻哀愁，成为贵族诗歌的回光返照。以上三种和歌集被称为“三大歌集”，三种风格被誉为“三大歌风”。在一千多年的封建社会里陆续出现了二十一部敕撰和歌集，通称“二十一代集”，如《后撰和歌集》《千载集》《玉叶集》《风雅集》等，但其成就却难于超越上述“三大歌集”。

在江户时代，“俳句”艺术逐渐成熟，走向鼎盛，日本的汉诗创作也迎来高峰期。由于“町人文化”（商人与庶民文化）的兴盛，让贵族文化的代表失去光彩。

到了风云激荡的明治时代，旧有的诗歌文体难于表达新的时代精神，诗人和民众都陷入苦闷彷徨，深感满腔热忱难于表达。明治十五年，《新体诗抄》应运而生，一种融合了西洋诗歌风韵与和歌五七调韵律的新诗体登上文坛，受到广大青年的欢迎。

从德国留学归来的森鸥外，与落合直文、小金井喜美子等人一起创建了诗歌结社“新声社”，明治二十二年出版了浪漫风格、语言精雕细琢的译诗集《面影》，而抱有政治革命梦想的北村透谷也于这一年发表《楚囚之诗》，明治二十四年又发表《蓬莱曲》，表达了现代人的苦恼。以上两者都对青年一代产生了巨大影响。

《新体诗抄》发表大约十五至二十年后，岛崎藤村（1872—1943）和土井晚翠（1871—1952）两位浪漫主义诗人登场，部分完成了新体诗的使命。此外，薄田泣堇和蒲原有明将诗歌的雕琢推进到了第二阶段，新体诗的历史任务基本完成。而打破日本传统七五句调文语定型诗，使用简单易懂的语言歌咏自由精神，确立“口语自由诗”的是被誉为“近代诗之父”的萩原朔太郎（1886—1942）。

明治四十年前后的自由诗运动是诗歌在形式上的革命，与此相对，也有人认为这也是诗歌在内容上的变革，但这种说法不一定正确。以民众派的诗作来说，他们虽然主张诗歌应该朴素、不造作、避免技巧，但他们的作品也未能免于冗杂和无聊。

大正、昭和初期的新诗佳作不断。一方面，在新体诗的延长线上抒情诗类型继续发展；另一方面，最新的现代主义作品在与旧的创作激烈对立的同时不断创作出来。“从定型到自由律”“从节奏到形象”“从歌唱到让人思考”“从近代诗形的完成到破坏”“从超现实主义派走向终战”……这一时期的诗坛异常活跃，丰富多姿。

从1945年到昭和末期、长达四十多年的战后时代的诗歌，可与近代诗区别开来，一般被称为现代诗，洋溢着与现代生活直接关联的生动气息。

值得注意的是，明治以降，日本近代诗歌在向着自由、口语诗歌方向努力的同时，也有一种自觉或不自觉地面向和歌文学传统甚至汉文学传统的一种回归意识，这是日本近代多元文化内共生的实态在历史纬度上的表达，而推动诗歌文体变化的主因是诗人主体意识的觉醒和价值观念的变迁，因此，新时代的诗歌也可视为一种广泛意义上的文艺复兴式的思想运动。

近代诗歌在东西方美学的多重影响下，艺术理念自觉而多样化，加之出版的市场化，流派纷呈。但是，我们并不主张将某个诗人归入某个流派，作为独立而自觉的生命个体，他们的诗歌作为自身的人生姿态，也在变化和流动之中。优秀的诗歌，必然是自由的生命，无法被某一概念所俘虏。但与此同时，近代人的精神世界幽深复杂，诗歌也需要适应这一变化而获得新形式，且姿态各异的诗歌创作又根植于同一片天空，也必然回应时代的呼吸或雷声。此外，诗歌的流变是形式的，也是内容的，与思想史上的认识论革命、哲学的语言学转向等密切相关。对日本近现代诗歌而言，作为一种文艺和思想，其反映的不仅有直接的现实，更反映着变化着的人类内在精神的存在状态及其对此种状态差异化的理解和体认方式，具有深刻的社会背景和思想史背景。

萩原朔太郎在《诗的原理》中曾说诗的本质是主观的精神，并不具有客观的物质属性。这一见地非常独到，无论是为艺术而艺术的诗歌，还是为现实人生而吟咏的诗歌，都不能脱离诗之所以为诗的那一原点。诗，营造的是一种意象和氛围，诗，不依靠理性的逻辑言说，诗依赖的是调动人的想象力和情感的流动，而起到这样的效果，关键在于诗的语言和形式，对于本书重点摘选的抒情诗这一类别而言，其魅力多在朗读／吟咏时产生的流动的韵律和节奏，以及由此引发的感动和想象的自由。因此，翻译这类诗歌，最忌译者以直译和硬译破坏作为抒情诗的抒情性和音乐性，也就是说，翻译抒情诗，忠实的应是诗的情感和想象力，即诗的味道，而非诗想要表达的所谓确定的、似乎不可更变的意义。

若是借用著名的语言哲学家乔姆斯基的语言学理论，从语言是一种人类先验存在的预设系统和结构这一假定出发，我们或可认为：并非是诗人在表达语言，抑或借用语言仅仅表达了自身的思想和情感，其背后牵连着人类生存的根本性问题，即诗人不创造语言，是语言创造了诗人。

此外，日本诗歌的现代性运动，在美学上似乎也可粗略分为两个阶段，即从绘画的诗转向音乐的诗，从抒情的诗转入思考的诗。但一首诗歌的好坏也不仅取决于诗歌本身的抒情抑或思想及其呈现方式，同时也取决于这首诗是否唤醒读者自身的存在意识。一首真正的诗歌，恰如烧尽它所在的语言本身，碰触或点燃了你内在感觉（情绪、思维等综合的生命体验）的一个部分。正如海德格尔所示，日常生活中的我们缺乏一种自我的观照和内省的契机，仅仅遵循自我意识驱动生活，人生的真意被自我遮蔽了：此在往往以非在的方式存在。但是，也有人在某个契机的引发和刺激下，顿悟而获得新知，于是，改变在生命的旅程中发生。这个契机，或许就是你遇到了一首诗。不过，这个契机对他人来说极可能稀松平常，毫无意义。换言之，阅读诗歌，并将诗歌带给你的刺激和启发纳入自我意识的内部，成为自我内部的一个“他者”，让这个“他者”质疑甚至击碎已存的“自我”，若无法做到这般，至少让“他者”与“自我”对话，尝试完成一个新的自我。唯在此刻，一首诗才真正诞生。

正是带着上述关于诗歌的有些偏狭的认知，我们筛选了一百首日本古典至当代的诗篇，这些诗作既有日本古代先民的纯真与热烈，也有东方美学的“物哀”“幽玄”和“侘寂”，以及近现代以来日本人在主体觉醒后的思考、痛苦和欢愉。

在浩如烟海的日语诗歌中，区区一百余首诗不过是饮江一瓢，但即便如此，我们也怀揣极大的真诚，以此介绍给年轻的学子和喜爱日语诗歌的朋友，希望大家能够从中找到属于自己的欢喜。

日语诗二十首

刘德润　王广生 译

雄略天皇　万叶歌碑

雄略天皇求婚歌

《万叶集》卷首为求婚歌，歌风雄浑朴实，跳跃着青春的律动，拉开了万叶时代的大幕。歌中天皇向姑娘询问姓名与家世，就是求婚的表示。古代日本人崇拜山川草木，还信仰“言灵”（语言咒力、语言之灵），时人认为语言与人类本身一样具有神奇的咒力与灵魂。人的姓名之中，更是包含有本人的灵魂。特别是女性，有人向她询问姓名，就意味着求婚。如果她回答了对方的询问，就是对求婚的许诺。雄略天皇独唱了一曲咏叹调，而被询问的姑娘却一言不发，我们可以想象出她那惶惑与羞涩的神情吧。不过，这位姑娘并非是普通的村姑，而是当地豪族的千金。雄略天皇不光是对她的美貌一见钟情，而且还有通过联姻来扩大疆土的愿望。如果这位豪族的女儿嫁给天皇，这片土地也将从属于天皇。

竹篮哟，提在手，
木镢哟，多精巧。
淑女登山冈，早春挖菜苗。
芳名与家世，容我来请教。
大和之国，吾位最高。

国土泱泱，皆属我朝。
吾名吾家，告汝知晓。

登高望国土

舒明天皇

据《古事记》下卷记载，第十六代天皇仁德天皇登高远望，不见炊烟，知民生困苦，于是免除了这一带农民三年的赋税与徭役。从此，天皇登高望远便成了一件政治活动与仪式，也成了一项风俗活动。有学者研究称，春季登山的民俗，是预祝农业丰收的活动，具有咒术的意义。舒明天皇（593—641），第三十四代天皇，年轻时叫田村皇子，公元629年至641年在位，其皇宫是位于大和国（今奈良县）飞鸟地方的冈本宫。舒明天皇望见的“炊烟”和“海鸥”，正是国土之上的“地灵”与“水灵”的活动。他不禁发出声声赞叹，为这片国土上跃动着的巨大生命力而感动，祝福日本列岛成为丰饶之国。

大和国，绵绵群山，神秀峰峦。
望国土，登上香具山。
望原野，袅袅起炊烟。
望海疆，海鸥舞翩翩。
秋津岛，大和国，美景无限！

近江海上

柿本人麻吕

公元672年壬申年，爆发了壬申之乱，琵琶湖畔的大津宫变成一片废墟。柿本人麻吕目睹荒废的宫殿遗址，感慨万千，吟出此歌。

淡海夕波鸣千鸟，落漠情怀忆前朝。

幽会歌

大津皇子、石川郎女

石川郎女歌碑

大津皇子（663—686），天武天皇第三皇子，文武双全，颇有威望，二十一岁时就参与朝政，他的存在对皇太子草壁皇子构成了严重威胁。因此，天武天皇去世后仅二十余天，大津皇子就被指控犯有谋反罪，立即赐死。大津皇子不但在和歌创作上颇有成就，还被誉为日本汉诗之祖，万叶时代的日本文人创作的汉诗集《怀风藻》中，收入了他的作品四首。这位多才多艺的皇子曾与贵族少女石川郎女相爱。

苦候阿妹立山间，滴滴清露湿衣衫。

——大津皇子

劳君候我衣湿透，愿化山林露一团。

——石川郎女

东歌　驿站铃声

《万叶集》中的东歌主要描写民间日常的世界，充满生活气息，这首歌中的人物音容笑貌跃然纸上，读来令人忍俊不禁。

快马驿站铃声响，阿妹手心饮清泉。

防人歌　防人行

据日本史书记载，“防人”是根据《唐六典》中的“置防人于边要，为镇守”，而建立的海防部队。日文将“防人”读作“崎守（さきもり）”，意思是守卫海边礁石，即海防的将士。

笑问防人谁家子？最羡路人无忧伤。

樱花飘落

小野小町

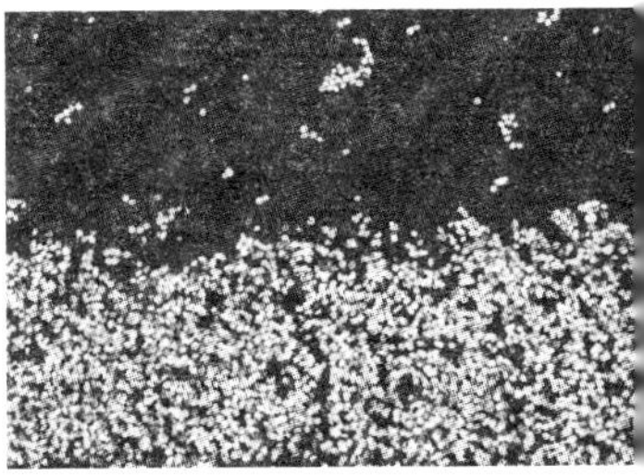

小野小町，生卒年不详，大约生活于9世纪中叶，平安初期具有代表性的女歌人。她和在原业平都名列六歌仙，是历代日本人心目中美男美女的典型。9世纪中叶，小野小町曾在仁明天皇与文德天皇两朝天皇宫中担任女官。她的一生富于传奇。据说她晚年不遇，落魄流浪而死。这首歌中使用了和歌中的“挂词”技巧，类似于我国诗歌中的谐音。

忧思逢苦雨，人世叹徒然。
春色无暇赏，奈何花已残。

水乡春望

后鸟羽院

后鸟羽院（1180—1239），文武双全，除和歌之外还擅长管弦、围棋、狩猎等。他不满镰仓幕府的专横而起兵讨伐，兵败后被流放荒岛隐岐岛（今属岛根县）度过了近二十年的岁月，在忧愤中去世。清少纳言在《枕草子》中提出的“春之美景在于拂晓，秋之美景在于夕暮”的传统审美观念，但此诗却对晚霞飞扬，烟水朦胧的黄昏春景倾倒讴歌。这也成为后来日本文学中大受推崇的朦胧美。

极目山麓云霞绕，水无赖川波渺渺，何言唯有秋夕好。

古 池

松尾芭蕉

这是在日本流传最广的一句俳句，御茶水女子大学教授井本农一将其誉为“蕉风开眼”之作（井本农一《芭蕉入门》1977 年 p.89）。“开眼”一词的本意是“大佛开光”“睁开慧眼”，这里可以理解为“顿悟真理”。[①]

古池苍茫，青蛙入水一声响。

土井晚翠

荒城之月

土井晚翠

本诗选自《中学唱歌》（『中学唱歌』东京音乐学校，1901 年），乃土井晚翠（1871—1952）受邀为东京音乐学校撰写的歌词，共分四段。同年经日本近代音乐的开拓者、天才作曲家经泷廉太郎（1879—1903）谱曲，成为广为流传的日本名歌名曲，被誉为日本的第二国歌。从中可见汉诗文的审美及影响。

（一）

春日高楼赏花宴，
觥酒疏影照杯盏。
苍松枝下问明月，
昨日清辉今何见？！

① 此句汉译不下二十种，每一种翻译即为一种解读。笔者（王广生）也曾在《芭蕉俳句〈古池〉的新解和新译》一文中试译为：古池暮春蛙轻跃，幽情寂在水声中。此处采纳刘德润老师的译文。

（二）

秋夜军营霜色寒，
雁飞悲鸣残月天。
肃肃光冷照剑丛，
昨日清辉今何见？！

（三）

今夜荒城悬姮月，
光辉依旧为谁明？
残垣断壁唯草蔓，
松间闻歌起悲风。

荒城之月

（四）

姮娥长辉虽盈缺，
人世荣枯有代谢。
明月今又照人间？
呜呼荒城三更月！

初 恋

岛崎藤村

本诗选自岛崎藤村（1872—1943）的第一部诗集《若菜集》（春阳堂 1897，中文又译《若草集》《嫩菜集》等），是日本近代诗歌发轫期恋爱题材的代表作。

岛崎藤村

记得苹果树下初次相遇
你刚刚绾起少女的发髻
头顶的花梳很美
如花儿一样的你

日文版《若菜集》封面

你伸出纤柔白皙的手
把苹果塞入我怀里
泛着红晕的秋果
她的滋味，是初恋的甜蜜

我情不自禁靠近你，轻声叹息
拂动你温柔的青丝
那一刻，爱之杯盏
斟满你的情意，让我心醉神迷

苹果林的树下
那弯弯的小道，是谁踏出足迹？
你羞涩地问我
那时的情景，我又怎能忘记！

风景——纯银马赛克

山村暮鸟

山村暮鸟（1884—1924）此诗具有实验性，充满视觉效果，全诗不断重复排列“满眼金黄色的油菜花”，但每段九行中的第八行，则是差异性的画面，将其组合，则成为一首有趣的短诗：满眼金黄色的油菜花／风中隐约传来麦笛声／云雀鸣叫着飞向天空／一轮清瘦的月色透明。

满眼金黄色的油菜花
满眼金黄色的油菜花
满眼金黄色的油菜花
满眼金黄色的油菜花
满眼金黄色的油菜花
满眼金黄色的油菜花

满眼金黄色的油菜花
风中隐约传来麦笛声
满眼金黄色的油菜花

满眼金黄色的油菜花
满眼金黄色的油菜花
满眼金黄色的油菜花
满眼金黄色的油菜花
满眼金黄色的油菜花
满眼金黄色的油菜花
满眼金黄色的油菜花
云雀鸣叫着飞向天空
满眼金黄色的油菜花

满眼金黄色的油菜花
满眼金黄色的油菜花
满眼金黄色的油菜花
满眼金黄色的油菜花
满眼金黄色的油菜花
满眼金黄色的油菜花
满眼金黄色的油菜花
一轮清瘦的月色透明
满眼金黄色的油菜花

序

宫泽贤治

宫泽贤治（1896—1933）的诗歌是宗教、科学和艺术的综合体，其很多诗作可纳入一种科幻诗的类型。诗人的世界观是以精神——主观意识——心灵为第一性的，世界的本源是内心的风景，外在的物质表达只是一种表象的存在。这似乎是柏拉图式的世界观，但其旨趣却不尽相同。依据大乘佛教的世界观念，万象不过是内心的风景。当时流行日本的哲学，如柏格森的生命哲学、《善的研究》等为代表的“新心学”等都是回归人的主观意志去理解世界和人的新的思考方式，这也顺应了近代哲学认识论转向的主流。

宫泽贤治

称之为“我”的这一现象
是假定中有机交流电灯
发出一道蓝色照明
（所有透明幽灵的复合体）
风景等与众生一起
存在于焦躁不安的明灭过程
无论怎样都不会熄灭
因果交流电灯
一道蓝色照明
（光照永续，即使消失了电灯）

这本书是二十二个月的
过去的位置与
纸张，和矿物质墨水的因缘构成
　　（一切与我共明灭
　　与我同时感知的众生）
它们是持续至今
我自身的心象素描的
每一道光影

为此，人类、银河、修罗和海胆
吞食宇宙的尘埃、又呼吸空气和盐水
或许也会思考各自新鲜的本体论
这也毕竟是心中一道风景
只是这些被确切记录下来的景物

始终保持着原初的样子
若是虚无，就是虚无自身的风景
某种程度上，众人相通
（而众生是各自之中的一切，
如同一切皆是我之中的众生）

然而在这些新生代冲积世的
巨大而明亮的时间聚积中
本应被准确映照出的这些词语
虽仅在一点均匀的明暗中
（或是阿修罗的十亿年）
也早已轻易改变其组织与质地
不论是我，还是印刷者
都认为这样的事实无法变更
不过，也不否定其改变作为一种倾向的可能
或许我们只是以自身的感官
如同感受那人物与风景
并且只是感受到共通的部分
如记录、历史，抑或是历史地质学的课程

也与其各种资料和数据一起
（在时空因果关系的前提下合成）
也不过是我们所感知的东西
或许两千年之后
与现在相当不同的地质学开始流行
相应的证据也会从过去不断出现
大家都想着两千年前
无数只透明的孔雀在湛蓝的天空飞升
新锐的大学士们
或许会从大气的最上层
璀璨的冰氮之中

发掘出精美的化石
抑或发现人类透明的巨大足迹
出现在白垩纪的砂岩层

作为心象和时间自身的性质
所有的这些命题都将产生
在第四次元的延长中提上被人知的日程

不畏风雨

宫泽贤治

宫泽贤治在授课中

《不畏风雨》在我国广为人知，可惜流传的版本并不完整。回到这首“诗”的原典手稿，我们会发现，作为这首诗重要组成部分的最后一段文字被遗漏了。若是我们将这段文字看作是一段经文或咒语，那么，我们所熟悉的前半部分则更像是一段发愿词。这并没有否定《不畏风雨》作为诗的价值，反而赋予了这首诗接近诗歌本源以及艺术走向伟大的理由。

不畏雨，
不畏风，
不畏寒雪与酷暑。
保持身体健康，
不贪欲、也不嗔怒。
保持安静的微笑。
每天糙米四合，
再食味噌和野菜少许，
面对人间万事，
排除己念，不先入为主。
仔细观察、耐心聆听，了解世事缘故，
并记于心。

在原野松林的树荫下，
寻得一处栖居的茅草屋。
东边若有孩子生病，
我就前去照顾；
西边若见母亲劳累，
我就帮她扛起稻束；
南边若有人不幸病危，
我就前去探望，跟他说：不要恐怖；
北边若起争执和诉讼；
我就前去劝解，跟他们说：这很无聊，莫起冲突。
干旱时节我会落泪，
冷夏之季我会感到痛苦，
虽然这样会被说成是傻瓜，
也不会有人给我奖励或鼓舞，
但我并不以此为苦。
我要走下去的，
正是这样一条道路。

南无无边行菩萨
南无上行菩萨
南无多宝如来
南无妙法莲华经
南无释迦牟尼佛
南无净行菩萨
南无安立行菩萨

水之心

丸山薰

1934年，丸山薰和堀辰雄、三好达治一起创刊《四季》诗歌杂志，回归传统抒情诗，形成“四季派”潮流，丸山薰也被称为日本昭和时代抒情诗坛的中心人物之一。

这首诗选自诗集《鹤的葬礼》(『鶴の葬式』1935)，这是一首以水拟人的抒情诗，也有学者认为这是一首带有里尔克风格的象征主义诗篇。

水，是哲学和诗人的最爱，文学文化史上也留下了诸多关于水的譬喻和赞美，即便如此，这首以水为唯一意象的作品，也显得十分独特。

清澈之水，内心挣扎着困惑
困惑激荡
水屏住呼吸，想要抑制这份心绪，却还是不时发出声响
水鞭打自己的意志，呼出气息、吐出清香，
水的情感，不为自己所知
这份情感分裂、迷乱，希望慢慢流失
顷刻翻转、倒流，突然哭叫、坠落
从噩梦中醒来
水，陷入更深的寂寞
回到我心原初的样子吧，水祈祷着
祈祷却总归失落
水的情绪激荡，在胸口无处安放
其实，它常常自言自语　语言却不能固定成意义
水，开始怀疑自己，我到底来自何方？
无形的身体，是一种残酷的事
这一事实积攒愤怒，无法抑制
自暴自弃，泛滥，膨胀
可悲哀依旧，他努力遗忘自己

就在此刻——他想起了曾经遗忘的事
水还没有睁开眼睛
阳光已温柔吻了过去

积　雪

金子美玲

金子美玲（1903—1930）作品的光色和音色自然纯净、温暖透明，富有童趣和想象。这样的诗歌翻译并不困难，困难的反而是我们能否透过文字，理解一颗真正的诗心。

《积雪》已有多个中文译本。笔者本着以诗翻译诗的原则，注重诗趣、诗意的传达，以直译和意译结合的方式进行了一次尝试。

上面的雪
你冷吗
月亮冷冷看着你

下面的雪
你觉得重吗
千百人踩压着你

中间的雪
你不寂寞吗
你看不见天空、也看不见大地

桑名车站

中原中也

中原中也（1907—1937），出生于本州岛最西端的山口县，因脑膜炎去世时年仅三十岁。如今他被誉为昭和诗坛最耀眼的日本诗人，有“日本的兰波”之称。但他生前只出版了两部关于兰波诗歌的翻译作品和一部诗集《山羊之歌》(『山羊の歌』1934)，少有人关注。他去世后在友人小林秀雄（1902—1983）的主持下刊行了第二部诗集《往日的歌》(『在りし日の歌』1938)。第二次世界大战后，在友人日本文学家大冈升平等人的推介下，他的诗被重新编选出版，很多诗篇选进日本的国语教科书。

这首诗韵律交错、流转，与诗句的场景设定保持和谐，而且很重要的一点是，与中原中也很多虚无、悲哀的诗作相比，这首诗的情感释放的张力把控更为克制、冷静，有点像写生或白描。

桑名的夜色很浓
青蛙呱呱地悲鸣
深夜的车站，站长
地面铺满了漂亮的碎石
站台上的他，只身孤影
拿着煤油灯伫立不动

桑名的夜色很浓
青蛙呱呱地悲鸣
烧烤蛤蜊的桑名
就是这里吧?
我这样问道
“是啊。”站长笑着回应了一声

桑名的夜色很浓
青蛙呱呱地悲鸣
这个夜晚，大雨初停
夜色真暗呐，即便没有风

（1935 年 8 月 12 日）

（此夜，上京途中，因京都大阪间交通受阻，临时关西线开启运营。）

活　着

谷川俊太郎

谷川俊太郎（1931—），日本当代最重要的诗人之一，有国民诗人和“宇宙诗人”的美誉。他的诗歌最重要的主题就是我们自身的“生活——生命”，即便他以诗的方式进入哲思，思考语言和沉默，远行至语言的边界，他所寻找的不是科学的真理，人伦的善意，而是人类“存在”这一个最核心的事实。

所谓活着
所谓现在活着
就是嗓子干了
是穿过树梢间的阳光耀眼夺目
是脑海里忽然出现的一支旋律
是打喷嚏
是和你携手同步

所谓活着
所谓现在活着
就是迷你裙
是天文馆
是约翰 · 施特劳斯
是毕加索
是阿尔卑斯山
是与一切美妙事物相遇旅途
此外
我们还要小心，提防潜藏的恶毒

所谓活着
所谓现在活着
是可以笑
是可以哭
是心灵自由
是可以发怒

所谓活着
所谓现在活着
是此刻犬吠远处
是此刻地球在旋转
是此刻某处新生的啼哭
是此刻士兵在战场某处受伤
是此刻秋千在空中摇荡
是此刻感受到时间流淌的脚步

所谓活着
所谓现在活着
是鸟儿展翅飞舞
是大海涌起波浪
是蜗牛在爬行
是人的爱情
是你手心的温柔
生命的道路

摩周湖 *

藤原定

藤原定（1905—1990），日本诗人、评论家、翻译家。生于福井县敦贺市。在法政大学文学部哲学科师从三木清、谷川彻三。

* 摩周湖（ましゅうこ），位于日本北海道东部，为火山湖，是全日本透明度最高的湖泊。阿伊努人称之为“Kintan · Kamui · Toe”意为“山神的湖”。

曾在南满洲铁道调查部工作，1944 年出版处女诗集《天地之间》，战后回到法政大学任教。1980 年诗集《环》获得世人俱乐部奖，1990 年诗集《言语》获得现代诗人奖。这首诗具备现代诗的特色，以哲思之眼观察、解析目之所及的世界。

峡谷底部汇聚的意志
让水面变圆
而意志不露行迹
湖水似高处的茫然之眼

从那只巨眼中
千百只敏捷的飞鸟
倏而闪现
湖面泛起一点涟漪，便也消散

沉默中
催熟所有的语言
最初的那个细微的动作
将一切说出

为了不被吸入
那只深不可测的巨眼里
喀姆依努扑力山[①]
用棱角对抗着，成为自己

① 原文：カムイヌプリ岳，读作：Kamui · nupuri · take，为北海道土著民族阿伊努语。

巴克斯特专辑

张桃洲 译

译者说明

巴克斯特（James Keir Baxter，1926—1972）被誉为新西兰“二战”后最重要的诗人之一。他出生在新西兰一个很有教养的农场主家庭，其父亲为苏格兰后裔，是一位热烈的诗歌爱好者。早慧的巴克斯特七岁时开始写诗，十七岁进入奥塔戈大学学习，但不到一年就离开了，次年出版了他的处女诗集《越过栅栏》（*Beyond the Palisade*，1944）。他直到三十岁（1956 年）才重返大学校园，在维多利亚大学获得学士学位，这期间先后做过屠宰厂工人、邮递员、小学教师甚至太平间的搬运工等，并结婚生子，出版了诗集《吹吧，丰收之风》（*Blow，Wind of Fruitfulness*，1948）、《倾圮的房屋》（*The Fallen House*，1953）以及评论集《新西兰诗歌近来趋势》（*Recent Trends in New Zealand Poetry*，1951）、《火与砧：关于现代诗歌的笔记》（*The Fire and the Anvil：Notes on Modern Poetry*，1955）等。这些诗集可以算作其前期创作。

1958 年，伦敦牛津大学出版社出版了他的诗集《在一去不返之火中》（*In Fires of No Return*），这意味着“他作为诗人的形象获得了国际性认可”[①]，这当然是一个重要节点；此后经过近十年的高产创作，同样由牛津大学出版社出版的诗集《猪岛书简》

① John Weir，‘Introduction’，James K。Baxter：Collected Poems，Ed。John Weir，Oxford University Press，p.xxii.

(*Pig Island Letters*, 1966)则标志着他纯熟而卓越诗才的全面展现，他的诗歌创作达到鼎盛状态。1968年对于巴克斯特的生命和创作来说，都是一个不同寻常的年份，该年四月他得到"召唤"："到耶路撒冷去"，第二年九月起他开始常住"耶路撒冷"——新西兰旺阿努伊河(Wanganui River)边上一个毛利人的小村落，他在那里建立了一个收纳各种"无家可归者"的社区，由此进入了他诗歌创作非常特殊的最后阶段，这一阶段也被称为巴克斯特的"耶路撒冷时期"。这时期他出版了两部重要诗集《耶路撒冷十四行诗》(*Jerusalem Sonnets*, 1970)和《秋之书》(*Autumn Testament*, 1972)，以及诗文合集《耶路撒冷日书》(*Jerusalem Daybook*, 1971)和数种戏剧、评论集，并有大量未结集诗作。[①]

在其短暂的一生中，巴克斯特创作了数量可观、文类多样(涉诗歌、戏剧、评论、散文、小说等)的作品。其身后除研究者编辑出版多种诗选集外，尚有四卷本《巴克斯特散文全集》(*James K.Baxter Complete Prose*, 2015)、二卷本《巴克斯特书信集》(*James K.Baxter Letters of a Poet*, 2019)等问世。

巴克斯特

我最早读到的巴克斯特的诗，大概是1988年某本刊物上登载的诗人西川的两首译诗。随后，1992年作家出版社出版的《外国二十世纪纯抒情诗精华》(王家新、唐晓渡编)里，一下子收录了西川翻译的十七首巴克斯特的诗。这本诗选我留存至今，闲暇时不时拿出来翻阅。巴克斯特诗歌的高迈、隽永的气质，连同"编者按"里引用的两句评论"巴克斯特在我们的文学和历史中高耸如一棵大树，空中的鸟雀拣枝而栖"，给我留下了难以磨灭的印象。多年来，我除了经常重读这些诗篇外，还不断寻找巴克斯特的其他作品。

目前巴克斯特在中文世界里流传最广的就是西川翻译的这十七首诗，它们分别出自巴克斯特晚年的两部重要诗集《耶路撒冷十四行诗》和《秋之书》，这两部诗集也是巴克斯特的晚期代表作，体现了其成熟期的成就和风格。在一定程度上，作为优秀诗人和译者的西川，应该是巴克斯特诗歌的十分合适的译者，二者有不少契合之处，比如对包括宗教、神话在内的神秘文化的喜好，个性与诗歌

① 关于巴克斯特生平与创作情况，参阅Charles Doyle, *James K. Baxter*, Twayne Publishers, 1976; Frank McKay, *the life of James K. Baxter*, Oxford University Press, 1990, 以及虞建华:《新西兰文学史(修订版)》，第168—174页，上海外语教育出版社2015年版。

中略带自我嘲讽的幽默风格和喜剧精神，箴言式语句的运用等。不过，今天看来，巴克斯特的汉译似乎过于“西川化”了，也就是西川可能在翻译过程中，基于自己的写作习惯，强化甚至重新塑造了巴克斯特诗歌风格的某些方面，这些译诗会让人误以为巴克斯特是一位高蹈、隐逸的诗人，这样的误解在一定程度上削弱了巴克斯特诗歌的内在锋芒和力度。

实际上，巴克斯特毕生都是社会革新运动的积极参与者。他在大学待了不到一年就离开，进入社会这个“大的学堂”，颠沛流离之中干过多个工种，遍尝了世间的冷暖和人生的甘苦。可以说，他的诗歌一开始就没有局限于书斋，而是源自丰富的实践经验和开阔的社会背景。他晚年去偏远的毛利人聚居地、创建耶路撒冷社区，无疑是其社会革新运动的重要实践（和组成部分）。他绝不是一个避世的写作者。

然而，巴克斯特尽管有着激烈的社会变革主张，但在诗歌中却非常克制，用《巴克斯特诗选》编者约翰·威尔的话说，巴克斯特的晚期诗作“放弃了修辞”，“他的貌似简单的词汇和短语显示了语言的精通，它们也摹写了他在自己生命中渴望的简单与自由”[①]，可谓洗尽铅华，呈现出内敛了丰厚生命智慧和高超诗歌技艺的沉着气度与简练风格，与那种“清高”的田园诗、“玄诗”无涉。

巴克斯特诗集封面

这几年，我有意搜集了巴克斯特的多种诗选、文集及研究资料集，在阅读过程中萌生了自己翻译巴克斯特诗作的念头。先行译出的《耶路撒冷十四行诗》和《秋之书》已于两年前由上海教育出版社出版，目前正在继续翻译他的诗歌，拟出一本较全面体现他诗歌创作成就的诗选；之后打算选译一本他的诗论集，其诗歌理论成果非常丰富、成就也很高，值得引介；待时机成熟，还会翻译他的戏剧集。

这里推出的巴克斯特专辑包括四个部分：若干首短诗、一部组诗、一篇诗论和一篇访谈。短诗选译自他前期的几部诗集，受W.B. 叶芝、乔治·巴克和狄兰·托马斯的影响，他这时期的诗歌专注于写作技巧的锤炼，显示出非凡的语言能力和诗歌才华，言

① John Weir, ‘Introduction’, *James K. Baxter: Collected Poems*, Ed. John Weir, Oxford University Press, p. xxv.

辞讲究甚至略显夸饰。组诗《猪岛书简》出自标志他诗歌臻于成熟的同名诗集，是他最有名的诗篇之一，在这组诗里，巴克斯特的社会批判意识和锋芒得到了淋漓尽致的展现，他将当时的新西兰喻为“猪岛”，辛辣地揭示并嘲讽了种种社会不公现象及其隐含的阶层、文化冲突。诗论《创造性艺术家的世界》承续“为诗一辩”的诗学传统，巴克斯特以一个现代诗人的眼光，通过对比诗与科学重申了诗歌的独特价值。访谈是巴克斯特接近生命终点时，与他的多年好友、新西兰批评家约翰·威尔的一次回顾性对谈，其中陈述了他的一些重要诗观。

邮票上的巴克斯特

短诗选

为地下的葬礼作

这些话送给我失去的时日
这样一首真实的诗
许多虚假中的真实
我该在哪里埋葬他?

经由月亮和太阳
我来到了这个房间
明亮而空洞的风听着
它在时间的喉咙里。

很多人也许读过
无人会记住
那独特的眼光
那鲜活的余烬。

把他葬在一棵松树下

留下我白色骨头的十分之一
给孩子，男人，墓地腐蚀者
给那死去的嘴巴。

封存在光滑的树脂里
仍然守住它的身世秘密
无人辨识的言词
保持在高处。

（1944年）

雪

漫长的饥饿的白天
和愤怒的夜晚之后
我不再是一个人，一个孩子
我接受了我的死亡。

我看这首痛苦诗篇的目光
变得好似来自绿色的大树枝
一个被掩埋在雪里的火山世界
在柔软的掌中变硬的诗行。

让我们不再怜悯死者。
正是在眼下的冬天他们冰封的创伤
呼唤情人们在夜风的本性中见证
冰和风是世界的心脏。

别忘记给他们从渡口，或
女孩的双眼和她头发的青铜色
所见的黑亮水域。但害怕

海水淹没的大陆消失时他们的纯净气息。

正是在眼下的冬天他们的意愿实现。
这温和的雪，掩盖了一个悲伤的时代：
在发育不良的土地上不可战胜的死者
展示了他们用以祝福的无瑕水晶。

（1945 年）

深藏，我的爱

深藏，我的爱，现在
听海峡里喧闹的浪涛声
瘦弱的树在黑暗笼罩的
大树枝重压下瑟瑟发抖：
你的身体应该藏得更深
在月亮和太阳都不知晓的地方；
心儿铺洒她鲜活的同情
放弃对骨头的支配权。

巴克斯特诗集封面

而在我的抚摸下忘记所有恐惧：
血管中永久的烦乱
让分钟变成小时，即使在痛苦中迟到
时钟伴着你的眼泪在计数。
雨摇晃着屋顶——我无法入眠
只是翻转那记得我
不能抑制的小溪的嫩叶——
直到你翻转并懂得了我。

（1946 年）

给一个出国的人

英格兰[1]，我的失落，哦，是她受欢迎的
清澈的宁静和傲慢的爱人——
如同番红花为墓地的喑哑口舌发言——
他穿过双倍的海去往你的土地。

她不再年轻，于我是一个陌生人
将高兴地忘记那剥去彻骨
欲望的风：她的眼睛和嘴唇
于我是未知的，我惊异并铭记。

在孩子头上一个人也许会留下祝福
不弄脏头发，而是留下它发挥效力。
英格兰是仁慈的，破晓的炸弹
唤醒给她的没有战争而是复活

（失去了寒冷的城市和山地云）
属于一个孩子的混乱，不是孤单，不是骄傲。

（1946年）

内斯比 *

不变的山的疤痕
　披着它们的雪的鬃毛。
于是过了一千年
　黄色的金雀花将要开放。

当巨浪被耗尽
　地震不再显现，

① 巴克斯特十岁时，随父母前往英格兰和欧洲其他地方待了两年。
* Naseby，新西兰奥塔哥地区的一个小镇，以淘金闻名。

铁制的装备
　喂饱了海的饥饿——

当，黑暗在他们胸脯上
　情人挨着情人躺下，
士兵在休息中镇定
　知道不是他的敌人——

那时黑色山峰将保持
　它们的宁静——我们无从知晓，
而下沉的金子之上
　黄色的金雀花正在开放。

（1946年）

给我父亲的父亲的哀歌

在他死去的一刻他知道
他的心从未说话
在八十年的日子里。
哦，因为那座高塔残缺的
纪念碑被摈弃：
而固定的石冢
其管道能够点燃
一根麒麟草和花簇。
他们伫立在墓畔
诞生于他痛苦的血脉
以他们的方式悼念他。
他能在一天工夫里
割一连串草皮并堆成
一个人的头部那么高

一棵开花的樱桃树
被扛在他移动的肩膀上
在狮子般的太阳底下。
当他老了、失明了
他坐在一把弧形椅子上
整天在灶火旁。
很长时间他看着
醉舞中的星星
穿过他头脑里的凸透镜
清醒地认识
将冬天世界裹在它们
手里的天空绿树枝。
他内心的骄傲是无言的。
在他死去的一刻他知道
他的心从未说话
在歌里或在婚床上。
他裸露的思绪回溯
到一座水边的房子
和风摇晃的叶片
于是因一个孩子之故：
整夜醒着朝向波浪
伴着死者的漆黑大嘴。
水的舌头说话了
而他的内心毫不恐惧。

（1946 年）

洞　穴

在田野的一个洞里，人们想不到的地方，
一派荒凉，某个石灰岩蓦地立起来：

一棵根部周围堆着石头的树，
叶片宽阔，恰好遮住了底部的缝隙
彼处通向，有人猜测，阳光照不到的王国
那里的灵魂们忍受着普洛塞尔皮娜[①]的疼痛。

进入那个以前似乎
无人来过的地方，我发现了一条小溪
黑暗里奔流在石门之外。
它在小丘的中心从何处涌出
没人能够说出：孤单地
它像时间奔流在那儿，在阴湿的寂静里。

我一旦说话，嗓音就回荡
在许多柱子中间。再往前
是迷路而死去的绵羊的骨头
在地狱般的黑暗里，呈褐色，被水磨光。
泥土的气味像一种秘密语言
是死人说出的而我们已长久遗忘。

小丘的全部重量迫近我。
我将乐意待在那儿，躲开
每一个活动在太阳底下的野兽，
躲开时代的敌意和爱的传染病：
倘若不转身爬回到关口，
挤过并来到外面耀眼的日光中。

（1948 年）

① Proserpine，古罗马神话里的人物，被冥王普鲁托劫掠为妻。

哈特·克莱恩*

这个诗人，爱上了一个钢铁机器人，
多年来在纽约喝着劣质酒，
尔后挤出排泄在小便池里
从个人恐惧里拧出公共的诗。

多么同情他，采掘着预言的
黑金，他挖了自己的坟墓。
夜里的沼泽之火，正午时分
被活埋者的冷酷而令人眩晕的恐怖。

称赞他，为新的鸟人建造了
只有神祇能行走的彩虹桥
（忘记下面那条黑暗的河
它的波浪卷回了一位醉酒水手的谈话。）

直到死亡，死亡，死亡，从极苦之塔
传来的黑色钟声。完美是他的罪行：
没有人来自他的心完美闪耀
冰雪世界里的极端水晶的地方。

直到在加勒比海那个臃肿的巨人
脸朝下被抛进一股扩展的尾流里，自由了。
他死去的心脏变成了一块大陆；
他松开的双手拥抱着上涨的海。

（1948年）

* Hart Crane（1899—1932），美国诗人。

秋天醒来

在二月醒来看到那将纤细的苔藓
放在窗台上的秋天的第一抹霜
我看见太阳升起如一个可怖的天使，用
标枪穿透光年直抵我的心脏。

从我所躺的这片黑色沼泽（周围
有大蛇，也许拴在高加索岩石上）
听见那些秃鹫的翅振，它们留意
垂死者，用坚硬的爪子撕裂柔软的肉体——

我想起另一个早晨，另一次日出，
自己还是小孩，高高地坐在行驶的牛奶车上，
马脚后跟边新鲜的粪便气味
还有海平面上宁静的黎明。

（1948 年）

弗吉尼亚湖*

这湖坐落隐蔽，在太阳下闪光。
芦苇丛中红嘴本地鸟群
像舞者在高处踱步。缄默的我
发现了一种语言去赞美它们，
从耳聋的沼泽里一个词
用无数被淹没的嗓音说出。

这正是那座花园和会说话的水
这儿曾有一个孩子边走边对
叶片的宝库感到惊讶，褐色的鸭子

* Virginia Lake，在新西兰旺阿努伊市。

在水面上游着，四面的风高声
叫唤他的名字，在鱼像跌落天堂里的
星星滑过处的下面是一个绿色世界。

由于他的爱，失明的雕像向下
移动到贝壳小路上。演奏台放置于
随着音乐在它中心燃烧的火上
在他的爱里受到庇护。
爬满苔藓的榆树成了头顶上的椽子，
古老的波浪为他打开了进入的门。

现在处于沉默的人，黑色的语言干涸
双眼像硬币一样沉重。
哦，走出这个迷宫般
悲伤的石墓，我出发并朝他
真实的日子呼喊——一个醒着的梦里
没被毁坏的奇异的伊甸园。

(1947—1948 年)

坦普尔盆地 *

褐色，草丛贫瘠，捆着松木，
冰山在那片湖上聒噪
我曾在湖里游泳，那时索娄[①]是个孩子，
滚动的石头沿着峡谷有力的表面向下，
守候着河边的红鹿。

长着鹿角的异类从未来过；但闪耀着
有翼的太阳每天升起
继续存在。朝向天空的盆地

* Temple Basin，位于新西兰南岛的亚瑟山口地区。
① Sorrow，也可译为“悲痛”。

躺着像另一个太阳，那儿有条雪河流过
永远在睡梦中穿过白昼的惊奇。

波浪擦伤了卵石滩；银色胀满了鳗鱼
扯下它们无风的夜晚，被一簇荆棘火烘烤
散发着烟味和甜味。
——哦，死亡出现的圆形剧场！
冰一样冷而清澈

河流蜿蜒在那座祭坛场地旁
那儿的土地着火了，分娩舞常常
摆脱了开花的草，吵闹的亡灵
众多隐形的风之马列阵
从顶峰到冠冕的尖顶，从云朵到翻滚的云朵。

青年巴克斯特

时间将第一个亚当[①]转回
到我身上。由于悲伤，深湖里的
钻石眼怪兽守卫着它们的不毛之地
埋藏在地下的黑暗中。在高高的山风上
一只宽大的鹰飞起，铁般的爪上有血。

(1948年)

惠灵顿*

时间是纪念碑的石额上
一次皱眉，是摇动码头的一阵风。
从来没有时机让一整天
沉入内心，令它在那儿受到庇护。

权力繁衍权力，在筑于

① the first Adam，典出《圣经·哥林多前书》15：45。
* 新西兰首都及第二大城市。

终日赶路的云朵之下的蜂箱里；
郊区拂晓的陈腐呼吸模糊着码头，
使眼睛疲倦，撕扯着神经直至狂热。

充满花盆、峡谷街道和电车的城市，
哦，一千个官僚主义者的不育的娼妓！
有个悲哀的深坑在你
表面的傻笑后面，当月亮打开

太空中的冷门。这儿在黑暗的山上
在你们的破灯之上——没有十字架
乞求，只有杂草丛生的炮台
和满是风之悲伤的无线电塔的巨大转盘。

（1949年）

塔拉斯*之夜

在夜晚踏在塔拉斯旁边滚烫的
白路上，此处一轮无荫蔽的太阳直射
到山脉与河流上，将雪草烤焦成褐色
还有矮树——我们来到小溪从岩石中
流出的地方，一个结实的天使，红光焕发
周围是绿色水芹，深到足以淹没
我们干渴的肉体；在山脊的顶部
刷白的酒馆，忘川夜晚之家。

一阵风不知从哪里吹来，当天空
变暗。我们抬起花楸木门闩
进入后把我们的钱放在高高的
弧形柜台上。幽灵们挡不住地造访我们

* Tarras，新西兰奥塔哥地区的一个小镇。

在我们旁边喝酒，旅客们难逃一死，
像狼群，舔着他们的蜂蜜酒和血。

（1947—1949 年）

威尼斯百叶窗

四岁时他睡着了，在
祖父屋子里冰冷而巨大的床单中间，
板条百叶窗让斑马线样的光进入
照在他的枕头上，苔灰色，阴森的绿色：
甚至玩具熊也不能阻挡老鼠
切割隐蔽的楼梯，和夜晚无名的畸形足。

当他长大一些，打斗、哭喊，扮演
挤满鳗鱼的河边鲁冰花下的印度人，
他的白日梦路线会合直至一条路将他
带出焦虑和担忧的童年
引向关于女人的梦，抚摸与品味
在威尼斯百叶窗后面，关于肉体和羽毛床。

直到，影子胜利实现了，他
醒着躺在亲密而偶然的旁边
把所有的线系在一个幻灭的结上。
同时，正常的光，并不神秘，
随着跌伤的黎明女神，透过张开的
绿色百叶窗，照在眨着的眼睛和杂乱的床单上。

（1949 年）

给我的妻子

虽然你自己的自我在我热爱的世界前面
然而我珍视世界和你前面的他[①]；
我对你的爱没有他的爱将消失
可是为他所滋养而更新绝不消亡。
无名成为创造物，恐惧，辛劳，度过
我们成双地萎缩于梦之欣悦的生活，
我们共有的对一面镜子的喜爱
它模糊地显示了那永生之光。
倘若我说我们的爱勇于面对来自
罪、死、变化的忧郁，偶然性的粗暴之手，
也许一间生火的房子的天堂
在夜晚来临之前不会全然被毁灭——
我现在说出来因为超越了虚弱的表演
在他永恒的日子里那会是那样。

（1949 年）

进入利特尔顿港*之际

从开阔的水面移动蛞蝓样的渡船
朝向陆地的粗糙的门：
在记得的沉闷梦里的出发之地
犹如汹涌的哀悼；在所有青春岁月里
未熄灭的迸发熔渣，喷出
灰烬的悲痛火山——可如今晴朗
支撑着处于傻瓜般平静的苍白天空。

陆地接纳我们，她的过分挥霍的
后悔的儿子们，整夜等候在

① 此处原文首字母为大写的 Him，中文用黑体字标示。下同。
* Lyttelton Harbour，新西兰南岛东岸基督城郊区的一个市镇和外港。

颠簸于多风的海峡上的密闭船舱里；
如今片刻之间，转过
朝海的惋惜的眼睛，仿佛她裸露的臂膀
伸开让我们窒息，她的港湾是一座石墓。

此刻一点一点地，狂暴的暗礁
落在后面；漂浮的褐色水草
缠住船头的波浪。码头在我们周围扩展
以松树岛、道路和别墅
还有旧的人居圆顶，光秃的风化的最高点
被风的柔软的手指不停地揉搓。

轮船转向了玩具样的码头
带着直立车厢和像巨大恐鸟[①]的起重机；
甲板下面颤动引擎的
摩擦声和急转，热量，以及山一般的行李
风从小镇上方的山谷漏斗
持续地倾泻——许多道路的
凉爽的终点站，伴随着允诺了新技能，
一次死亡和一次开始的温和微笑。

（1949年）

木　偶

我自己血液里的某个变老的人
像亚伯拉罕[②]，他的房子和庄稼安宁，
在晚上坐在一棵梨树的阴影下
想着他快要死了——蜜蜂的声音
令人惬意，让更老的树枝高兴，
也许想起了参孙[③]年轻时的那个故事

①Moas，曾发现于新西兰，不能飞行，已灭绝。
②Abraham，《圣经》里的人物，据说是希伯来等民族的共同祖先。
③Samson，《圣经》里的人物，大力士。

死狮子的骨头生出蜜来。

于是，手里握着刀，他刻了一个木偶
（依照什么盲信的神话，活动的祖先记忆？）
在它头骨周围锻造了一个铁质带子
然后把它牢牢地固定在院外的柱子上
神力的显著标志，守卫着
干草堆，谷仓和牛棚，伴随燃起的新生活
而他的生命像古老的月亮每天萎缩。

我发现那里是花园果园所在地
（如今荒废长着荆棘，挂着
破败的蓝桉）。雨和纤维状的草
腐蚀了灰色的木头，蜘蛛串起
她的网为了进食。苦涩涌上我的舌头：
我们从变白的骨头榨出的美德——
因袭的虔诚和高贵。

（1950年）

挽　歌

海的嗓音能打开
一个孩子掩埋的惊奇——
词语，词语用于模仿
碎裂岩石下面
黑暗涌浪的轰隆声。

海鸥高声地盘旋
而早晨的波浪闪烁着微光；
为了平静，平静是

给那从冬云中呼喊的
登天者的裹尸布。

绿色浪花发怒之处
是古老痛苦的阴影：
哦，奇怪，奇怪年龄
能够平息那热情
将心智放进笼子里。

上涨到胸脯，冲刷
它面前的灰褐色海草，
寒冷，寒冷是波浪：
我的精神更寒冷
安宁如坟墓。

（1950年）

不朽者

一本旧书里的一行；
一绺死去的头发；
心智之火遗留的
灰烬，一根变黑的烟囱。
何处是那秃头的恺撒[①]
纨绔子弟和将军，
固执的、独创的？

如今少于风的夸谈
红色休[②]，小约翰[③]，
用枪太灵巧了；
土块盖住了好色

① Caesar（100—44B.C.），古罗马政治家、军事家。
② Red Hugh，指Hugh Roe O'Donnell（1572—1602），爱尔兰泰康奈尔勋爵。
③ Little John，传说中著名侠盗罗宾汉的手下。

粗颈的埃尔郡[1]人
他们将大炮送给法国人——
谁将替补他们？

如果我能用五边形、蜡烛
推测幽灵、肢体，
因为他们处于人类盛年，
我们将畅饮直至真理
在玻璃沿上闪光；
在鸡鸣的决断之际
计算值得过的夜晚。

但真理过时了。
为何一个人应该
绞尽脑汁去写诗、干重活？
一点一点累积
走在平坦的街上：
将门和窗密封
当风变得猛烈。

（1951 年）

博斯卡斯尔 *

是的；我很了解那陡峭的街道
倾斜地垂落在长满苔藓的屋顶间；
商店的柜台旁他们售卖
明信片；在车辙里被马车磨光的
  鹅卵石——也许我能说出

气孔如何像一根信号枪

① Ayrshire，位于英国苏格兰西南部。
* Boscastle，英格兰西南部康沃尔郡的一个海滨小镇。

喷向狭窄的港湾。
我孩提时去过那儿；但没人
告诉我一种罕见黏土的铸型
　已经行走在太阳底下。

被风吹的石板蓝蝴蝶
我见过，但没有驼背人
带着巨弓，独自站立
幽灵一般；而从那以后，按照时间的计划，
　他的痛苦似乎成了我自己的。

廷塔杰尔[1]旁边的悬崖顶小路
突然中断于一处险峻的边缘
在那儿水手样的礁石愤怒地呻吟
海鸥唱着死去的特里斯坦[2]的挽歌——
　给没有后续的跛足者。

暮年巴克斯特

一个孩子的纯净心里反射这景象。
我睡觉，吃饭，阅读和谈话
没有生命的流动的感觉：
哈代曾走在那些石头上的事
　那时我并不知道。

（1951年）

年终哀歌

在年终我来到我父亲的屋子
热情果实在敞开的门道上悬挂金黄
园林树木弯腰向着来访的鸟儿：
　这是首先进入我心里的

① Tintagel，英格兰西南部康沃尔郡的一个小镇。
② Tristan，《亚瑟王传说》里的骑士。

单个幻象，当去一个满是灰尘的房间
进入了完全暴虐的天空之风。

木炭熄灭了；安静的灰烬残存着
疲惫的精神和变粗的身体懂得那个。
　有着波浪形屋顶的小镇
在低矮的火山山脊
与蓝色鳕鱼咬食的近海礁石之间，
从流亡的外壳，卑微地，我来到你温柔的监禁。

在一位年长伯父临终时的床边，面对
乡下表亲们我读到了痛苦的图表。
　这些人已经忍受了人们共同保持的，
习俗的十字架，刀子的婚床；
他们消瘦的脸反射了他的
他的身体僵硬地躺在床罩下面。

一个人可以再次走到渔人石，听着
长长的波浪翻滚，从美洲漂到
海藻床托起一轮苍白太阳的地方，
　但再也见不到绿色阿佛洛狄忒[①]
升起来美化正午。倒不如索福克勒斯[②]的
合唱：一切将被带走。

或者无聊地站在褐色潟湖旁
谨慎的羊群去往他们闹鬼的山凹，
羡慕园子里公鸭的鲜艳性感的羽毛。
　因为单个幻象消失了。精神和肉体在无爱的
国度分离。我们被遏制的激情
屈从于重新服侍熟悉的社会恶魔。

① Aphrodite，古希腊神话里爱与美的女神，即古罗马神话里的维纳斯。
② Sophocles（496—406B.C.），古希腊悲剧作家。

指示是来访的天使。在饥饿的走廊里
我们缠绕的生命遭受了普遍的疾病：
活着和死去，呼吸和产生。
同时在屹立的茴香下面残缺的墓碑上
活动着欢快的蜥蜴，喜阳，沉浸在
　动物愉悦的瞬间。

（1953 年）

猪岛书简（组诗）*

（给莫里斯·沙德博尔特[①]）

1

你谈到的裂隙——是的，我有同感，
心智的更年期。我把它
看作一次小小的死，练习为了更大的，
为了不打算读
你的小说或我的诗的送葬员——
或为了自我已经死去
把观念当炸弹处理的人，

在那个荒凉的南方小镇[②]
在一次寒冷夜晚举行的聚会上
男人们看起来像幽灵，女人们如树在行走，
从地面上看，一片腿和屁股的森林
给攀爬的男孩，书本喂养的男孩。

而这，艺术的瞬间，从不可能持续。
厨房里的妻子们停止了微笑当我们
进入裂隙本身，僵硬的夜晚

* 作者说明：“‘猪岛’这个术语，在新西兰土语里用来指认南岛，很可能由于在那儿发现的野猪；但在这（一系列）的标题中，它带着一种讽刺性的细微差别，更广泛地指向了整个国家。”据《猪岛书简》单行本，1966 年。

① Maurice Shadbolt（1932—2004），新西兰小说家。

② 作者说明：“这是指达尼丁，沙德博尔特获得彭斯奖学金后去了那里。对我而言，那个地方，有着一个人开始成年后所在地方的停尸房般的吸引力。”据手稿第二十四册。

在可怜的醉汉们害怕冰封的苍穹之处：
男人是一座行走的坟墓，

那是我出发的地方。虽然常常
在那儿利斯[①]河蜿蜒而下
穿过涵洞，在堤坝旁的树上
充满褶皱的花唇
捕获和抓住过逃亡者
从时间，从自我，从铁金字塔，

这些已时过境迁。将我的爱意
带给维克[②]。他注意到了
信天翁[③]。在奥塔哥[④]暴风雨中
裹挟着浪花洒在向陆农场上的风
是一个酒鬼。无论谁愿意
足够长久地倾听，就会重新写作。

2

从一座被马拉巴栗树影覆盖的旧房子里
升起了我的痼疾，
在猪岛爱没有多大价值
虽然我们欣赏它人样的戏仿，

厨房里那个忙碌、憔悴的女人
闷闷不乐地把煤炉
喂给所有陌生人，至少一个应该是
她古老的号角般红的撒旦。

她的男人，相当困惑地在酒馆里抱怨着，
谈论着羔羊的
买卖，一棵树上的木棍

① 利斯（Leith）是苏格兰爱丁堡北部的港口城市。
② Vic O'Leary，新西兰诗人。
③ 作者说明：“维克·奥利里写过几行诗如下：‘我射击信天翁/基督如他悬挂/高高钉在我青春的天空——’此外，信天翁是波德莱尔的诗人的象征，冲过极地风暴，却笨拙地摇摆在一艘船的甲板上。”出处同前。
④ 奥塔哥（Otago）位于新西兰南岛东南部，为新西兰第二大地区。

被秋天的大风刮倒下来，

她的女儿，在她房里读
一本服装目录，
能开一台拖拉机，去职业学院，
将投票支持老板们，

她的儿子更情绪化些，见过
一个佩剑的天使
站在一堆老人麦卢卡[①]上
正等着那个词

倾覆城市和河流
劈开房屋如一根腐朽的罗汉松木。
他十分冷漠地给负鼠们设陷阱
向他的狗吹口哨。

那个给猪岛的主人们讲述
他们恐惧的爱的男子
用沙编着绳索，而我出生在他们中间
并将于某天同那些死尸躺在一起。

3

那另一个巴克斯特[②]——教派成员
说那些该死的躯体将要焚毁
如同在审判日被扔进炽热火炉
里的麦茬。在加尔文的镇上
十七岁时我想也许看到的
不是火而是水在升腾

从圣克莱尔[③]之外的排浪

① manuka，是新西兰及澳大利亚南部独有的桃金娘科灌木。
② 作者说明："清教革命的预言者之一。我父亲读过他作品；约翰·威尔在一封信里谈及他，说他强调公平甚于宽恕，引述了我这里用到的明喻。"出处同前。
③ St. Clair，指新西兰达尼丁的圣克莱尔海滩。

到干式钟的叮当作响。紧握
床上一个枕头妻子
我做着我的囚犯训练，
当我造了一只母桶
小镇像一枚猫头鹰蛋裂开
砸断了梯子。那
可能是起始之冬：

冰霜立起来犹如毛利山[1]膝盖下
大街上的麦茬，
寻找着最后的质朴
在书本中无从解释它，
一间房里，风刮响了窗帘绳
床上有一位扎着长辫子的女孩
我发现了入口处，
父亲亚当死去的地方。

同时一个牵着狗和白鼬的男孩
爬过荆豆花小径，从大海
到溪谷顶部的拐弯处
在巨朱蕉的一侧十二步，
而从山顶上看
雨柱行进在黑暗的海上，
一团火云在日本上空升起来，
神的身体在天谴树上闪耀。

谢谢你的信。五天前我读了
你的书；它有着
干灌木丛地之上的鹰缓慢
不易觉察的翅振。杀戮在那儿
在毛利河床下

① Maori Hill，在达尼丁市。

尸骨泛着磷光。我可以讲
其他一些事情，但不是现在。

4

审查不会让我的诗行透露
在陶轮上旋转的猪岛。

一个身着牛仔裤有一双鹦鹉眼的干瘦少女：
我们现代殉道者死于其上的刑具。

我预言这些年轻的不良泼妇们
将成长为阴冷苛刻的女巫。

我们的女人们主要是骨子里携带
粘在分散的烤炉石上的诅咒。

雷姆伊拉[①]女孩堕胎何等频繁
胡恩报告[②]里没有提及。

霍利欧克[③]从一截贝壳树桩疾呼——
上帝拯救我们所有人！我需要一个胃唧筒。

海胆，普哈[④]，猪肉，以及库马拉[⑤]：
毛利人拥有土地。我有一台照相机。

虽然弗洛伊德和上帝会祝福结婚誓词
你应该知道如何驾驭山坡上的犁。

太阳暖洋洋的，饲料袋散发干草的气味，
眼下，风从北方吹着。

① Remuera，新西兰奥克兰市的一个富人社区。
② Hunn Report，指由新西兰公共事务委员会副主席J. K. Hunn于1960年年初起草的一份涉及毛利人的报告。作者说明：“一些毛利人讽刺地作为圣经参考的胡恩报告，是一份关于毛利人社会习惯的阴暗、错误的叙述，被政府强征去平复其官僚经年而朽坏的良知。”出处同前。
③ 指Keith Holyoake（1904—1983），曾任新西兰总理。
④ 毛利语puha，一种菜蔬。
⑤ 毛利语kumara，甜薯。

被四匹役用马撕裂的你，
圣希波吕托斯[1]，为我们祈祷！

5

很久以前，在一个幽灵般的夏季，
有人手握一把凸透镜
置于成堆碎沥青上的蚂蚁头顶，
这样一个活着，另一个死了：
鹰之眼，天空中的男子
携带大桶的毒云
像杰耶斯液体[2]。古老的河流之上
桥是一位宽广的母亲，
心脏的小鼓怦怦作响，

在那里，喷涌的盐流入
将毛伊岛[3]的鱼吊在一根针上。

跟随船屋看守人的女儿
学习水的技巧
是时间的任务。我在
一座铁制的祭坛前跪拜
在黑鱼升起、天气变坏之前。

6

身体的期望是连贯的爱
犹如岸边叹息的水
将要渗透变硬的肌肉，解除
任何让我们自责的事物：
不是褐色酒壶，不是被匿名
按住在昏暗灯光下的嘴唇，
但身体真实中的信仰从

① Hippolytus，为古希腊剧作家欧里庇得斯同名作品里的人物，乃雅典国王忒修斯之子。
② Jeyes fluid，一种消毒剂，于1877年获得专利。
③ Maui，美国夏威夷州第二大岛。

波西米亚的喷泉和夜晚升起，

费尔伯恩[①]告诉我们的真实背后的
谎言背后的真实，干瘪
如巨型恐鸟[②]，将弯曲而钝的标枪
投进普霍伊[③]这边的酒馆——“没有
词弥补我们年轻时所拥有的。”
弥补我们所没有的：饥饿抓住
我们每个人，并一任我们焚毁，
撕开，沙砾干，筛着思想的灰烬。

7

治愈的爱，像弯曲的肢体
在我们各自的内心，是我们信仰的来源，
倘若我们愿意倾听，它能告诉我们为何
暴乱边上的儿子们、邪淫边上的女儿们
把天空的狂怒拖到舒适的房屋上：
瘦女孩和游民的
愤怒蒙住了他们的爱
解开，解开那将每个人
喜悦的期望掩藏起来的绷带。

对于我，是堤坝记载了
被我们用冗长的托辞，
政治和艺术以及堪称一种
避孕方法的演说所摧毁的爱：
一盏街灯闪烁而降
在强健的水域，阴影中的身体上，
一张月亮白脸上的泪水，出自
水之坟墓的时间的话音，说给
那些幸运地在悲伤的人听。

① 指 A.R.D. Fairburn（1904—1957），新西兰诗人。
② Moa，曾发现于新西兰的一种不能飞翔的鸟，已灭绝。
③ Puhoi，新西兰奥克兰的一个古村落，为波西米亚人于1863年所建。

8

当我只是腺体里的精液
或比那更低，我父亲被挂在
马德农场的一根刑柱[1]上
由于他不会被杀。看守们
煎着香肠，当雪暗自降临时
在寒冷的腹股沟里我担心被冻死
于是密谋革命。他黝黑而肿胀的拇指
说明了人的手足情谊，

但他现在老了，在他的苹果园里
我们目睹我们强壮的安泰俄斯[2]死了
在官僚主义的玻璃城堡中
抢夺我们盐的面包。马克思和基督
会与约旦同床共枕吗？现在我
不情愿地记下这些话：

政治行动在其源头是纯粹的，
人类，亲自，只有在其公民职能中
变成了其费力摧毁的监狱。

9

看着关于成功的简单说明，
诗人如家居男人，
行进在簇拥的拇指间，抓住一把手推车，
让公猫进来：
然后翻转沙漏，发现另一个
囚犯自我，无可救药，被
酒和性游戏所传授者以及黑三角，
罪的鞭子留下的疤痕。
首先从骷髅脸的孪生子获取他所有的肉，

① 作者说明："刑罚是热衷于其工作的官员们执行的第一刑罚。"出处同前。
② Antaeus，是希腊神话中的巨人，为大地女神盖亚和海神波塞冬的儿子。

从一根勺子削出一支匕首[1]，
挣扎着透过一首诗的规格言说：
当二者能制造一个第三位，我就完工了。

讣告也不会暗示
我们多么需要朋友，
像费兹[2]在《国民报》上
讲述他的包虫囊肿，
位于肺下部的一粒足球，
或奥克兰的劳瑞[3]：他所有的持守
和给我们提供艺术空间，
到了重塑内心的时候：
制箭者致敬最少的那些人，
兽人的同伴们，
许多人中的一个，轻抚着被剥开的皮，
艺术家的兄弟或保姆。

十月来临时树在簌簌作响
扇尾鹟敲击着玻璃，
加点调料，当白班护士哼哼唧唧
给那个出现水肿之际
走过恐惧之桥的人
投喂药丸和橘汁，
穿过猪岛的沼泽和沟壑时
腹部如皮鼓一样被击打[4]
在小帐篷里，在亚麻或羽扇豆的阴影下，

太阳好似一只小桶。这个
干着邮递员差事的人将冥思
雅各之角根基上的枯萎
或天气的怪象。无人

① 作者说明："我记得一位法属圭亚那囚犯做过这个，然后刺了监狱官员的喉咙。他后来被送上了断头台。"出处同前。
② 大概指Reginald H. Fitz（1843—1913），美国医学家，率先正确描述阑尾炎。
③ 指Robert William Lowry（1912—1963），新西兰出版家，曾创办奥克兰大学学生联盟出版社，出版过多位新西兰诗人的诗集。
④ 作者说明："这一句出自中国东南部（我忘了具体是哪里）一些村里唱的一首歌。"出处同前。

容易变老。诗是
放在狮子洞穴上的木板。

10

超越时代——一座瓦楞棚屋
有平底锅里的煎鲍鱼[①],
某处海湾旁，部族的孙辈们
在长草丛里摔跤，海水，睡着，
云朵和绿树如同姐妹
为自然人守着最后的门。

这将如其所是，半生，
因为神秘需要
牺牲者——被剥皮悬挂在
一棵枞树上的兽人马西亚斯[②],
或一种缓慢的死，导管，以及
困扰一个老者虚荣心的妻子。

11

今夜我给我儿子读了一个
关于巴亚米[③]的蜜蜂和乌鸦维里农的故事
巴亚米吩咐东风吹下雨来，以便
花朵生长在干燥的澳大利亚
维里农则把西风关在一根空心的圆木里：

我儿子能够搭建一座树上
带藤梯的小屋，我儿子
穿着棕色针织套头衫和粗布工作服，
制作小丑和动物，一个居住
在天堂的生物世界，

① 毛利语 Paua。
② Marsyas，古希腊神话中的人物，因与阿波罗比赛失败而遭到惩罚，被剥皮吊在树上。作者说明：“马西亚斯，山羊人，与阿波罗比赛弹尤克里里琴，失败后被活剥，好像是……现代诗人的可能象征，濒临灭绝物种中的一员，被他的神经症剥了皮。”出处同前。
③ Baiame，澳大利亚本土神话中的造物主。

当他不费力地递给我
入口的钥匙，我必须将喜悦掩饰在
一扇角状百叶窗、一盏昏暗的提灯下，
以防它会太明亮地燃烧，

因为朝向太阳沉默
所在的土地的旅程已经开启
没有人会走进树上的小屋
那里藏着一个男人森林里的孩子的骨头。

12

但丁写过的昏暗的森林
莫过于自我，那把自我称为
一个人的漂移的深渊，透过
自私的黑色棱镜看：
在多叶的掩蔽物之下
狮子，豹子，狼，
由它们尚未杀害我们的愤怒显现出来。

我们的爱把我们绑在车轮上
自此直到死亡才松开，
却是不可意料和预期的，
像落在波浪上的斑点雨，
巧手降临到伤口上，
或者在会堂[1]与城堡山[2]相遇之处
贝雅特丽齐[3]的脸移入了果园。

13

世界虽变化，十字架直立[4]：我将在
鲸鱼的肚子里歌唱，
　　　　　　　　“上帝的伟大母亲

① 毛利语marae，是毛利人举行各种重要活动的集会场地。
② 原文cattle hill疑为castle hill之误，castle hill位于新西兰基督城郊区。
③ Beatrice，但丁《神曲》中的人物。
④ 原文为拉丁语stat crux dum volvitur orbis。

改善我难闻的气味。我等着死。
抱着我，女士，在他们沿着连接大路
（它通往高雅警车的滚轮）的灌木小径
运送我身体的那天。
麻风病人的残肢，酒鬼的沙哑嗓音，
敲击着拿撒勒[①]。我是一个裸人。”

“我怎能让你进来？
谈话的时间已过去；
一座山即门槛石。”

“妈妈，我独自回来。
我的行囊里没剩下
书本，以及面包。”

“为何你的双手不干净？”

“整个该死的镇上没有肥皂。”

“上帝的恩典需要人的致歉。”

“你的脸是我的神学。”

“是啊；但我给你带过一枚珠宝。”

“我把你的图章戒指遗失在了
溪谷里厚厚的荆豆丛中。”

“那我为何要听？”

“骷髅山上一无所有，

① Nazareth，即耶稣的家乡。

没有肩衣，没有标记，
只有话，我渴[1]，
当囚犯的血从你
儿子的身体里迸发。”

“你可以进来了。”

是那样吗？至少我知道没有更好的；
经过一夜虚无的，
神学的，政治的论辩之后，
某人决意去取一条小船
划向龙虾岩
在那里，向下深潜的游泳者
发现鲜活的水在升腾，
一只山包状的水之乳房，一股喷泉，
一棵看不见的树，它的根基无从寻觅；

如同那位自然生长的水之仙女升起
上帝在人心中也是如此。

（1963年）

创造性艺术家的世界（诗论）

给某个对音乐充耳不闻或唱歌像乌鸦、其对绘画的兴趣是简单的宗教图片或诱人的裸体，以及读科幻小说取乐的人谈论“创造性艺术家的世界”，似乎有一点奇怪。但当然还有诗歌。我有时写诗；也许在画家、诗人、作曲家、雕塑家和小说家之间，存在某种秘密的交流，每个人像湿淋淋黑暗里的耳聋的矿工，在他自己关于人类知识的采掘面上凿下碎片；也许煤矿对每个人来说是相同的，虽然各自用了不同的力气和工具。因此，我可以忽略我所知不多的艺术

① 耶稣被钉在十字架上说的一句话。

和文学的历史，而谈论我栖身的世界，一个我在其间作诗的人的世界，也在里面悲伤、做事和恋爱，我刮脸时看着盥洗室的窗外。关于这世界我只知晓一点点；其中大部分差不多已被我写进诗里——但有件事我非常确定，那就是它从不或可能是一件私有物。我们都火热而充满活力地进入它，在太冷而不再踢腾时离开它。我们将在墓地里获得所有我们想要的隐私。实际上一个艺术家的工作无异于任何其他人的工作：保持与一个鲜活中心的联系，以便他能让他的心脏和智力活至死亡为止，有可能超越死亡。我说"超越死亡"，并非指存在的虚假不朽，被某人的孙辈阅读和记住；我的意思仅仅是有一点向往天堂。但当鲜活的中心和与之保持关系的需要为所有人共有，一个艺术家有一种特别的方式去实行这共同的任务，他劳作的果实是特殊的种类。

在我们自己的时代，人们倾向于极大地依赖——甚至常常崇拜——科学的准则与方法，和人类理智的权威。这种依赖很自然，但可能是盲目和危险的。科学知识的明显价值是作为理解自然规律进程的辅助，作为一种控制我们自然环境的工具；崇高的光环环绕着能够摧毁物质的原子物理学家，能够延缓死亡的外科医生，开着雷鸟的喷气式飞机驾驶员——这些有影响的人引导心智离开了个体存在的幽暗、私密的卧室，以及这些看起来神一样的有能力者已经脱离了的内在虚弱和混乱。物理学家，半夜躺着醒来，问了一个非科学的问题——我是谁？世界是什么？为何我的生命此刻顶着一副消极、可怖的面容？喷气式飞机驾驶员，站在餐厅门前，看见他的女孩在跟另一个男人跳舞——他的心在胸膛里翻转；他离开了，喝得烂醉如泥。外科医生二十年后回到他成长的农场，迎面碰到一个年轻人，在每个小围场里和路的拐弯处进行自我判断。这些是诗歌的内部场合。它必须进入个体存在的卧室，向等在那儿的囚犯喊一声；一些人声称它能够给他监狱钥匙，但那是一厢情愿的想法。我自己曾经相信它。我把艺术的进程看作一种可能改变我们生活于其下的法则的魔术；正如许多人暗暗地把科学看作一种类似的魔术。但没有魔术，只有在虚弱与痛苦中活着的生物中间识别的一瞥，以及通过一个人的嘴说给所有人的求情之声：

我的灵魂立在我房间的窗前，
　　和我一万里之遥；
我的时日充满了大海的厄运之声，
　　盐、云朵和苦涩的浪花。
让风吹吧，因为很多人会死去。

我自私的青春，我的烫着金边的书本，
　　知识和俯瞰街道的一切；
那些窗架上的盆栽植物
　　俯瞰着散发自私的生命和芳香。
让风吹吧，因为很多人会死去。

此刻我的夜晚是她的白天，我的白天是她的夜晚，
　　于是我躺下，然后又那样起来；
太阳切近地燃烧，星星在失去高度，
　　时钟被驱逐从天际坠落。
让风吹吧，因为很多人会死去。

确实一枚胸针可以使记忆流血，
　　一个世界摧毁内在的精神
并将那些从未释放的颅骨和花朵
　　变成空气，不再隐蔽。
让风吹吧，因为很多人会死去。

笑声和悲伤携起手来。心儿总是
　　迈着沉重的步伐走在胸膛里；
布满皱纹的面庞像一张图表，
　　充血的眼睛流淌着泪水和潮汐。
让风吹吧，因为很多人会死去。

卡尔·夏皮罗①，一位美国诗人，作为最近战争里的一名军人写下了它。在某些方面它是一首非常私人的诗；但当他真诚地为自己说话，血流在土地上，它有着与我的和你的相同的颜色。他不用人类理智的权威、而是痛苦的权威说话。这首私人的哀歌和情诗，发现了一种为每个人必须死去的死亡，而非仅仅士兵的死亡的声音：因此在其最深层次它终止成为私人的，而变成了一种为人类求情的行为。

有过很多次，我意识到了自己的诗是没有价值的，因为其中大量地表现了私人的性幻想或醉酒后的沮丧。而我生活给予我使用的个别种类的私人材料，实在是无关紧要的。我写作时如果我站在真实知识的基石上，那么那些诗篇将对其他人有意义；在某些情况下，我已经站在了那块基石上。

通过教育和榜样，我们已经习惯于贬低任何一种至少不能用智力过程而宁可用实验方法测检的知识。我认为这么做，我们是在设法从那至多是一种令人赞赏的工具中制作一块魔法石。艺术知识和科学知识（二者我都重视）之间的差别是十分清楚的，倘若我们考虑到一个诗人和一个科学家对待自然世界的不同方法。

科学家致力于建构原因和结果的假设，以便阐明自然规律。一条鲸鱼的骨化石对他而言，是时间和地方（特别是时间）中一种重要模式的证据。他对生物之巨大的惊奇，他对那发现的喜悦，服从于智力探索——那将为它所寻找之物，提供一种重要的智力假设。诗人的反应可能是不同的——难道你不能用鱼钩捉住利维坦②？或者把他做成玩具给你的侍女？利维坦是谁和什么？自然精华和能量的一种神圣奥秘；头脑中创造性和破坏性的无意识力量的一种象征；Ikthus③，游在太平洋的洗礼池里的基督鱼；莫比·迪克，梅尔维尔④寓言里的大白鲸，那必然被遭遇、知晓和战胜的潜入水中的恶魔——当亚哈船长⑤外出遇见他时，那是世界的最后一个秋天，割草人在安第斯山⑥坡上割草；从前⑦的利维坦，那个大鲸，我的祖母曾经在她的盖尔语⑧《圣经》读到有关他的事。透过自然，一个诗人阐明的不是自然规律，而是我们的天性和命运。如此，诗比科学更主观吗？作为科幻小说的读者，我也许不是好的裁判；但我

① Karl Shapiro（1913—2000），美国诗人、评论家，曾参加二战。本文中的注释均为译者注。
② Leviathan，《圣经》中的巨兽。
③ 鱼的希腊语拼写。
④ Herman Melville（1819—1891），美国小说家，《莫比·迪克》（或译《白鲸》）是他的一部著名小说。
⑤《白鲸》里的人物。
⑥ Andes，位于南美洲的西岸，为世界上最长的山脉。
⑦ 德语 vor。
⑧ 一种主要用于苏格兰和爱尔兰等凯尔特文化区的古老语言。巴克斯特本人有苏格兰血统。

认为不是那样的。通过科学，人类智力在面对自然世界时，得出它自己的结论和由实验核查的假设。通过艺术，人类的全部天性、智力、情绪、感觉和直觉，一起去迎接新的时机：一部艺术作品是那奇特相遇的记录。那时你就能明白，为何诗和科学之间有对抗，不是在以不同方式寻求意义的诗人和科学家之间，而是在诗的语言、视野和掏空了人类意义世界的陈腐理性主义的主流气候之间。乔治·巴克[①]，一位英国诗人，十分清晰地陈述了诗的情形：

有一种混乱的精灵
存在于智慧中
常常决心强加
给玫瑰另一种理性

给生物另一种缘由
甚于它天性的特权；
把一副手铐和一份病历
给所有自然的奥秘

而这个混乱的精灵在
我们心里发动那反叛
通过将诗的法则
打碎进入无序……

但在事物的已知世界之上
伟大的诗篇折叠了翅膀
从一片血染的胸膛甚至
将给予那些怀疑的人们

在已知的世界旁理智与它
明晃晃笔直的枪站在一起
但那长久的忠诚的真实们

① George Barker (1913—1991)，英国诗人。

在格子上接吻……

我们用眼角的余光看见他们，公园里情人们走过天鹅和起皱的湖水旁边，那孩子在铁路站场外的深草里扮演印第安人。对于他们，我们偶然的梦魇般的盲目关切和虚弱爱恋并不存在；他们暂时任意如他们选择的那样做事，而他们所选择的是正确的。那是天堂里的氛围。华兹华斯写道：天堂存在于处在幼年的我们周围；一个人同样可以说，天堂和地狱存在于成年人的周围。地狱是铁的因果律所在地——在那儿我们常常是我们已然所是，是但丁在想象中进入的铁灰色石头城，我们的一部分天性所属之处。在那儿理智只能关注幻觉效应和痛苦。但诗关心的是鲜活的中心，一种不一样的痛苦，那源于无论与自然世界、与神，还是与一个人的同类的非完成的关系。

行走的巴克斯特

一个工作中的艺术家的流行观念，是一个充满信心、在自我选择的孤立中练习技巧的人的观念。我自己的经验殊为不同。我在写诗中鲜有愉悦感；虽然它完成后有人关注它。我从未如此强烈地意识到自己的愚蠢和笨拙，对付真实场合的能力之不足。这就像一个人戴着三双手套，试图从地上捡起一把钥匙；或者一个几乎失明的人，努力辨别他以前从未见过的花的颜色。也考虑一下艺术无能的可怕，那些匮乏和干枯的时期——当所有努力无用，大脑和内心迟钝，一个人只能用废话、废话、废话填满一页纸！我不知道任何与之相比的沮丧。

理智的明晃晃的枪，可被用于击倒任何幻想。那是最好的：我们不能提供幻觉，它们啃掉了我们的身体和灵魂。但现代人通过声称一种没有具体指示对象的观念是无意义的，把枪转向了自己。我无力讨论休谟的哲学或者逻辑实证主义的准则。但当我看见碎裂在岩石上的波浪，我知道站在了另一片海的边上，它的真实将——如果我由之——进入并充盈我的心智，治愈我的盲目和哑默——那是我的日常状态：

而在沙滩上走走有好处
在沙丘变得硬而干的冬天
结着霜，捆住了铁似的大地和天空。
我的骨中之骨[①]，顽固的石头经受着
悲痛的潮起潮落。我曾经
害怕的海洋，我爱它甚于冰冻的陆地……

（《给诺尔·吉恩[②]的信Ⅱ》）

在一首诗的构造中有一种理智的方法；但那是现实的仆人所喜爱或支持的。我知道，我绝不可能写出一行超出平凡、合格的诗句，如果我不寻索甚至祈求一种提高了的关于我自己天性和我栖身世界之本性的知识。这样的知识绝不是舒适的那种。那通常是大部分被时代所忽视而艺术带到表面的人类生活里的因素。例如，在罗伊·富勒[③]的诗作《港口渡轮》——跟夏皮罗的诗一样写于战争时期——中，爱国主义的素材，甚至政治的素材是相当无关紧要的，虽然富勒有一种马克思主义历史观。他表达了已婚的应征士兵的个人悲伤，但远远超越了它：

最旧的最简单的思念
随着古老的月亮升起：
她如何给她映照下的
男人和大炮涂上釉彩，
眼睑、头发和喉咙
在爱与战争中僵硬；
以前这是怎么发生的。

这个孤独的男人如何
抬起他的头和肩膀
伴随疯狂的美妙感觉，
他星体的形状和时代，
无论他的人类之手在哪里

① 典出《圣经·创世记》。
② Noel Ginn，巴克斯特少年时期的友人，他们于1942—1946年间通信，信中有大量谈论诗歌的内容，巴克斯特早年的写作受到他的鼓励。新西兰学者Paul Millar编辑出版了两人的书信集：*Spark to a Waiting Fuse: James K. Baxter's Correspondence with Noel Ginn 1942—1946*（Wellington: Victoria University Press，2002）。
③ Roy Fuller（1912—1991），英国诗人、小说家。

不管他的一套信条是什么，
漫长而决定性的瞬间。

今夜月亮已经升起
在安静的港口上方，
穿过弯曲的铁器和工人，
照亮被半淹没的船只。
哦，确实致命的裂口
更近了，狂暴的步伐
更快了？银色溢出

从守夜人的角度：
月光正照进面庞。
那一刻结束了：支配着
狮子本性的暴力
眼睛向外看着说：
你能相信，一个未来
只留给石头和植物？

一个在原子弹时代完全有意义的询问。有人可能强调富勒诗作在技术上的卓越；但我更愿意指出他正在言说的东西：

……疯狂的美妙感觉，
他星体的形状和时代……

富勒同时面对孤立人类身份的奥秘和自然世界的奥秘。他看到人类本性中的疯狂暴力，用一种可怕的贫瘠侵染着人与自然世界的关系。月亮，一个习俗上的丰饶之象征，将尸僵[①]带给了战争破坏的船只和战场上的人们。像希腊神庙墙上古老的戈耳工[②]，她以“狂暴的步伐”散播着死亡和毒药，一种隐蔽因果律的吞噬性力量；爱与战争一道来到她的势力范围。他所说的“致命的裂口”，不仅

① 原文为拉丁文：rigor mortis。
② Gorgon，古希腊神话中的蛇发女怪。

仅是一种纯然个人虚弱或意料中死亡的状态。它是同一种鲜活中心的联系的丧失，危害着（按富勒的观点）人类种族：

……支配着
狮子本性的暴力
眼睛向外看着说……

他把自然的古老力量拟人化为一头狮子。对于理智，自然世界是中立的、客观的；但在完全关联的一刹那，它要么是可爱的、要么是恐怖的，而在富勒的象征中包含了这两面。最后的疑问带着谴责的潜在含义出现了：

你能相信，一个未来
只留给石头和植物？

富勒是一个人文主义者，质疑人类意志和理性的力量，以创造一种丰饶的状况。在个人的微观世界和总体文明的宏观世界里，他看到相同的毁灭性力量在起作用。

这把我们引向何处？就一种艺术观念而言，是把艺术作为一种持续揭示我们人类处境的过程，而那处境是我们社会的系统思想无法应对的；揭示的不仅是破坏性、而且是治愈性的力量。

我记起我十八九岁认识的一个小伙子，我的一个酒友。他做过几年理科学生，靠一种理性原则做事，完全从理性原则的角度看待世界。然后他突然发生了改变。他开始读兰波[①]，穿一种高领衬衣。他同他父母争吵，学期考试不及格。他迅速生出直觉，在他以前从未拥有过它们的地方。他逐渐产生了一种对当地景观的某些特征的特殊喜爱。他写了几首诗，晦涩、有力而色情。他的精神上有过一次崩溃。按照他父母的观点，无疑同样按照鉴定员的观点，那是一个不严重的悲剧，会像春天里的疖子那样消失的某物。据我所知，它确实消失了；对我来说，那是真正的悲剧。有组织的社会能够提供的不过是一副豪华的棺材，给那个片刻站立其外、理解了巴克所

① Arthur Rimbaud（1854—1891），法国诗人。

呼唤之物的人：

> 万物的显露的幻象……
> 世界带来的幻象，给
> 那些她最喜爱的人们，那些
> 当她用翅膀击打，他们
> 站立不动，靠地球的想象
> 变成一朵玫瑰的人们。

幻象裂开了，像一枚坚果，偶然的宇宙。

一位艺术家努力为一种经验完整地赋形。但当我们越来越变成一个技术人员的团体，我们倾向于部门化我们的生活——不，夫人，您在这个部门不会找到爱；我建议您试试国内事务部。我们都是专家，或者在成为专家的过程中。我是一个专家，尽管很蹩脚的那种，善于在一间小学教室里逼迫和哄骗孩子们。这个工作有其特殊的语言，我发现读出或听见它极其令人沮丧。但当我写诗时我不是一个专家。我所用的词语主要来自寻常言辞；我使用的材料，是跟其他人一样的我自己生活中未加工的、未分类的、不可控的事情。狄兰·托马斯[①]曾说，“我有一头野兽、一个天使和一个疯子在我内部，我的探索与它们所起的作用成比例，我的问题在于它们的屈从与征服、下沉与隆起……”如今我并不认为，托马斯将自己看作一个从神祇与魔鬼的某个区域进入人类圈栏的浪子；他觉得其他人与自己几乎一样。但他关于自我和他人的观点，比那种高度选择性的观点——认为我们的社会强加于我们——更诚实。在他去世前不久，他谈到一首新诗的计划时这样说：

> 神格、创造者、第一根据、造物主、燃灯者、开端词、拟人化的高呼者和黑球手、精华、替罪羊、殉道者、制作者——**他**[②]，在天堂里的一座山顶，无论何时哭泣，那被称为**他**之国的国度外面，**他**的世界之一猝然死去，隐没了尖叫，凋萎、爆裂、谋杀了自己。随后，当**他**哭泣，光和**他**的眼泪手牵手，一起滑落。于是，在

① Dylan Thomas (1914—1953)，英国诗人。

② 原文为首字母大写的He，用黑体字标示。下同。

即成诗篇的开端，他哭泣着，天堂国突然变暗。灌木和鸥鸺像蜡烛一样熄灭。天堂的国民全部一起蜷伏在篱笆下，以及，在他们自己中间，在泪盐般的黑暗里，猜测哪个世界、哪颗星星、天空中他们晚回的哪个家，永远消失了。而此时，散布着天堂栅篱的传言，那是大地。大地杀死了自己。它是黑色的、石化的、干瘪的、中毒的、迸裂的；狂乱把它吹烂；完全没有生物，喜悦的、绝望的、残酷的、仁慈的、哑默的、热忱的、钟情的、迟钝的，迅疾而粗鲁地追捕它们的日子，如同那腐烂脸上的有害物。随后，逐个地，这些曾经属于大地的天堂栅篱人，互相讲述，整个长夜里，光和他的眼泪掉落着，在被淹没的荒野里和心智暴露的丝毫间隙之上它们所记住的、它们所感觉的，关于那自杀的地方。它们记得地方、恐惧、爱、狂喜、痛苦、动物欢乐、无知及神秘，所有你我知道和不知道的。那即成诗篇由全部这些故事写就。

最终，这首诗变成了关于大地的美好而可怕的价值的一次确认。它发展为对天空中这块肿瘤上的所是和所可能是的一种赞美。它是一首关于幸福的诗。

这首诗的一部分完成了；它差不多实现了托马斯对它要求的那样。托马斯自己的意见，表达得比我知道的创造性艺术家的世界之所是，或者它完美时所可能是，要好很多。从长远来看，所有艺术集中在人类存在上——不只是社会存在，而还有拟人化的神秘者，其生活在肮脏与不安中、忍受着饥馑、有能力爱。艺术或科学的语言中，没有给成年人生活真正问题的答案——我应该怎样避免内心死亡？我该如何学会爱我的邻居当他那么喜欢自己？——但一种艺术形式能够以接近整体的方式说明人类的处境，当肉体和精神的声音合二为一。用约翰·多恩[①]的话——

如同第一亚当的汗水环绕我的脸庞
最后亚当的血会拥抱我的灵魂。

以理性之眼，世界是一种自然环境，一个经营的领域。以艺术

① John Donne（1572—1631），英国诗人。

家之眼，无论其信仰为何，它看起来更像是炼狱——中世纪作家们描述过的，同时作为拷问的处所和花朵的园地——的附属建筑。

(1955 年)

巴克斯特访谈录 *

巴克斯特诗集封面

你为什么写诗？

嗯，那是人们常问的问题，回答将不得不是相当潜意识的。你该知道，你本人也写诗，你看……也许是一种孤独的青春期。你对一个想象中的同伴说话——那将是心理上的原因：用另一个声音填充孤独——两个人，你自己和作为诗人的你自己。有个爱尔兰人说过，他的写作是他自己内部的年长者和年轻人的对话。艺术家们居住在他们的孤独中。那是一种回答。可是为什么？答案其实会时不时地改变，一个人不会有确定的原因。

你在《新西兰诗歌的近来趋势》中写道："我不预示我们应该都披上麻袋布和灰烬，但我认为诗歌应该包含道德真理是合理而必要的，每个诗人应该成为依据他的见解的先知。"你写那些是二十年前，你的立场有任何方式的改变吗？

有某些改变。我想在我那时的态度里有一种潜意识的自负——不过很自然的——有一些粗鲁。一个人不能把一种道德教训添加到一首诗里，一个先知不是因为他选择做一个先知，而是因为上帝让他做。我的意思是，耶利米[①]是一个诗人还是先知呢？嗯，首先是先知，我想。你看他不说"好了，我要写一首诗"。诗也许是一种更自由、更个人的东西。一般说来它不是给世界的训诫。不完全是。

当费尔伯恩[②]说，"带着训诫出发的人很可能是某类疯子"。你那时会同意他？

是的，很可能是。当然，那人也许有一个训诫要给出，但这不那么常见。再说这正是关乎给异教徒带去光的问题：事实上异教

* 提问者为新西兰批评家、《巴克斯特诗集》《巴克斯特散文全集》的编者约翰·威尔（John Weir，1935— ）。本篇的注释均为译者注。

① 根据《圣经·旧约》，耶利米是一位先知，《旧约》中《耶利米书》《耶利米哀歌》《列王纪上》及《列王纪下》的作者。

② Rex Faiirburn（1904—1957），新西兰诗人。

徒也许是一个人的光的来源——一个人的朋友、一个人遇到的人。我常在教堂里说："出去向无神论者和不可知论者学习。没有必要假装你有某个伟大的东西带给他们。"也许要带的恰恰是智力的装备：可靠性将来自一个人自己展示的经验的一部分。我想……嗯，诗歌常常是揭示的经验。是的。

诗人要以某种方式承担拯救社会的义务吗?

我想每个人要同时承担拯救他们自己和社会的义务。我的意思是在他们自身中保持精神生活，而在社会中作为人[①]而存在，不管他们是诗人与否。但诗人是向正在发生的事举起镜子的人。他的镜子的真实性是其价值所在——诗里的道德元素包含在它的真实性中。很多人误解了这个，认为一个人正好可以提供训诫，但诗，是一面镜子。那恰好是它的方式。

如今艺术与宣传常常处在交叉目的中。我认为你自己已经表明宣传只在无意识状态下才有用。

我认为任何宣传在艺术中都可能是不正当的，因为如果那样艺术就是工具性的：它不仅仅是忠实的传达，而且是要将之处于最低值。如今一个共产主义者……你看马克思主义诗人写诗，因为那是些宣传品。他们在试图证明某个东西……但一个人不得不说（对于基督教诗人而言，同样的事情发生在他们说着"信主耶稣基督"或开始给圣约瑟夫[②]或某物写颂诗时）这是毫无意义的，因为他正好处在与那个说"我一无所知，我一无所知"的人相同的状况下。我确实曾说过："一个基督教诗人在写作时，与一个不可知论诗人处于同等位置。"他也在处理一种未知的生活、未知的经验，并试图将之付诸书页——一个非常下意识的进程。他不能把公共印记放在他所说的事情上。

那么，当你在你的诗中运用各种神话时，不是违背了你所说的如其所是反映世界的立场吗?

嗯，当你对待世界时你倾向于将之视为一片混乱。这里有位

① 原文为楷体。下同。
②即《圣经·新约》中圣母玛利亚的丈夫。

科学家，他看着世界的混乱，如其显现给人类心智的多重混乱——也许在上帝之眼里那完全不是混乱，只是对我们而言看起来是混乱——他看着，通过他的科学透镜和那个他所赋予智力秩序的律则。诗人做着同样的事，我想，二者——科学准则和诗篇——实际上是等同的。诗篇更主观些：它只是一种不同的风格。我认为那是它行事的方式。而神话是诗人用之使经验成型的形式。

在《猪岛书简》里你说："诗是置于／狮子洞穴上的平板。"

是的！一个人必须非常靠近那火，我想，非常靠近这个混乱的位置。你越靠近，就能更好地活下来。我诗歌的一位批评家，一位有同情心的批评家，说我像一个离公牛非常近的工作的人，一个斗牛士。你几乎被犄角戳破了。也许你确实。也许血进入诗篇是有用的。但这恰好跟人一样：一个人不像宣传员做这个或任何类似的事情。

那也许，难道不会使得诗歌太个人吗？

是的。必须有一定距离。诗里的"我"不是自传性的"我"，它是一种戏剧性的"我"。诗是一个人使用的戏剧性装置。人们（要么诗人要么读者）将诗中大写的"我"误认为个人的"我"——说"我认为今天是个好天气……"或"我爱你……"或诸如此类的"我"。不，那不会成为一首诗：它是戏剧性的"我"。你看，我曾在一首诗里说过……我把无神论自我导入我里面，这变成了诗的一部分……如果有人说："你不是一个无神论者，吉姆……"我会说："可是为了诗我是。"自我的层次必须戏剧性地表现出来。我想那是对的。

这不导致同一首诗里的矛盾——两种声音在说话么？

不会——也许有十种声音。有一种是玛丽·约瑟夫·奥贝特修女[①]的。嗯，她会代表我自己内心的一部分——也许相当于教会的家庭主妇在说话——当然，一个十足的白种人形象。但我在代表别的事物说话——也许，是毛利村落，或者相当繁复的经验世界。当

①Mary Joseph Aubert（1835—1926），出生于法国，1860年随庞帕里尔主教率领的天主教传教团到达新西兰，1883年建立名为"耶路撒冷"的传教点。

然有矛盾——那是戏剧。人就生活在矛盾中：那是人的本性。

你宣称自己是一个天主教诗人。

是的。

这对你的诗歌有何影响？

嗯，一个人是天主教徒，缘于他信仰。他是一个诗人，则因为他有一种特殊的天赋和职能，以及接近事物的另外方式。如果他说“我将告诉世界他们应该成为天主教徒”，这将是荒唐的。如果他说“我是一个天主教诗人……”我想一个人的宗教训练对他的思维方式会有十分微妙的影响。我认为天主教艺术——我更愿意说基督教艺术——处于最好状态时是受伤的艺术。有一种血在里面，人的伤口呈现在里面。它近乎受难。它不是阿波罗式的，而是更狄俄尼索斯式的[①]。

你认为这带你更接近如其所是的世界——按照诗作为现实之镜的观点？

嗯，是的。我有时称自己是一个前一诗人。某种程度上那是玩笑。我有时写诗，但也许不给它们最优先权。有时候一个人为了自己的个人利益，不得不打碎镜子。我记得我正在戒酒时——处于第三期酒精中毒——我写了一些非常非常好的诗，我知道，那是一种消极的、探索死亡的类型（有一两首确实好，我想《给巴尼·弗拉纳根的挽歌》是其中一首）。但我意识到，倘若我戒了酒、改变了生活风格，那么我的诗意之镜将会破碎。而那确实发生了。有三四年，我写了坏诗。我不能写好诗，是因为我在康复，我在改变我的生活。但我认为从伦理上生活必须优先于作品。你知道，老叶芝说过：“生活的完美，抑或工作的完美，若要选择后者，就必须拒绝一座天堂般的宅第，黑暗里的渴望。”[②] 嗯，好了，他在开玩笑，我想。这些事情并不像那样严重或对立。

在关于《猪岛书简》的评论里，查尔斯·布拉施[③]声称你写的

① Apollonian 和 Dionysian 也可分别译作“日神的”和“酒神的”，前者代表理性、后者代表激情，尼采在《悲剧的诞生》中用这两个术语阐述了古希腊文化的特性。

② 出自叶芝的诗作《选择》。

③ Charles Brasch（1909—1973），新西兰诗人。

是“散文，而非诗”，并为你诗性力量的弥散感到惋惜。你如何看待艺术中唯美主义的作用？

嗯，布拉施本人应该是一个阿波罗式诗人。你看，《猪岛书简》，那个实际的序列，是更狄俄尼索斯式的——那种血从伤口出的事物类型。在形式上发生了一定的断裂，但我想，在自发性和真实性方面有优势。我想要达到：只是某人真实地说话。虽然在那本诗集里有另一些诗在构造上相当正式——如“亨利酒吧”诗，就有高度正式的结构，如我说过的，像一件紧身衣，容纳躁郁症患者的经验或者诸如此类。又一个玩笑—— 一个人必须始终开玩笑。我认为当你离这个混乱的中心更近，常常是在玩笑里得到最好的表达，诗也许是玩笑——非常严肃的玩笑。

这是否意味着你在你的后期诗歌中为唯美主义找到了一个位置？

嗯，唯美主义……美感是必要的：拥有一种形式，一种接近事物的方式。一个人需要形式。当一个人开始把形式或艺术经验奉若神明时……这是危险抵达之处，一种偶像崇拜。我不喜欢那个。它可能如此轻易地出现在我们的文化中。然而实际上，一个诗人的经验和另一个人的经验恰恰是相同的：只不过诗人艺术化了它们。那是差异所在。

那些你曾以宏大方式写出的诗作——如《野蜜蜂》《火箭表演》《倾圮的房屋》——如今你怎样看待它们？

带着遗憾和嫉妒，看到另一个自己能够将那些正式结构制作得那么好。我想我确实创作得好，你看。我现在做不了了——我的生活风格改变了。也许我的一些当时在那儿的脑细胞用完了。很可能。但我会使用我已经得到的那些。你变乖巧了。你学着运用经验的间隙，发展新风格去应对不同的处境。然而，这些非常正式的诗篇是有点圆形的：它们以某种方式被自我封闭，完美的循环，这类事物。我更喜欢一个人像一间敞开了所有门的房子。任何事情都可能发生，你知道的。

你是否认为你后期诗歌中的自由（比如，我想到的是《猪岛书简》和《耶路撒冷十四行诗》）折射了你的生活方式？

那确实有一点。《猪岛书简》——我认为“那本书将敲断批评家的牙齿”。我为之感到高兴。批评家们有时困扰我。那不是我写那些诗的原因，只是一个附带的想法。我想，“好了，我要把它扔进那只狗的下巴……”于是它用下巴夹住，随后发现牙齿断了，因为那是由石头做成的，你懂我的意思。那本书有一点硬。但“耶路撒冷”诗篇有所不同。它们更参差不齐些。我不在意它们的技能，只在乎说出了什么。它们中的一些，我认为是好的，有些并不好。这不让我担心。

那么，在道德主义和艺术之间没有一种必要的冲突么？

我认为有。但一个道德主义者常常害怕。现在的问题是，如马利坦[①]所说：“资产阶级的谋虑和艺术家的谋虑是不同的。”他们都有自己的打算。但他们往往处于冲突中。道德主义者倾向于实行资产阶级的谋虑。他会说“我们不想让我们的小孩读这个……”或诸如此类——那是一个粗鲁的道德主义者，我知道。或者他可能要求一个训诫。而诗人说：“让你的训诫和孩子们见鬼去吧，我写作是为了真实地传达，而真实可能是可怕的。”那是他的道德。真实可能是可怕的，但我将真实地说话。需要一些声音简单地说出他们的所想所知。

这是诗人作为先知的作用吗？

是的。你看，真实，也许是一种具有预见性的感觉，它将揭示人与人、可能还有人与上帝之间的关系。它将做这个。但——我想这是问题的关键——先知不会受扰于他的诗是好是坏，而诗人则会受扰于他的诗是好是坏。一个人不能使一首诗具有预见性。兰波的《地狱里的季节》碰巧是一部预言式的作品，但我不认为他像那样设计了它，它是非常下意识的。它应当在法国文化和文学中占有一席之地。它在当时并未被认识到是有价值的。

① 即 Jacques Maritain（1882—1973），法国天主教哲学家，著有《艺术与诗中的创造性直觉》等论著六十余部。

于是，你通过你的艺术探寻了一种真实的形式？

是的，常常是。我认为真实是主要的。我有时说，你知道的，男人是真实之人，女人是爱恋之人。我们必须互相学习。但一些男人是爱恋之人，一些女人是真实之人。也许那是为何有更多庄重的、强力的男性艺术家的原因——因为他们是真实之人。但……我不是歧视女人或任何事物。我只是说那是可能的。

那么这预示着真实将解放我们……

嗯。

……可是真实也会令人反感。人们有时会对你视为真实的事情反感么？

是的，是那样。当释迦牟尼外出，带着他从死人身上脱下的长袍——黄色长袍——说："自我是地上的一个洞，它是一个缝隙……"人们会产生反感，不是么！当他举起一枝花半小时一言不发，人们会产生反感，不是么！你明白吧？真实是难以命名的，是不？他们想要一个名字，他们想要一个固定的位置，是因为他们想要自己的固定身份，而那并不存在。我想在上帝面前人就是地上的一个洞。是的。

诗中的粗俗有时也震撼人们……

经常有粗俗。那是民间文学的正常部分。那只是因为我们生活在维多利亚文化的废墟中，我们才如此担忧那个。我们的立场是混乱的，我想。城市文化也试图驯化那种淫秽。一种民间文化、一种地方文化、一种乡村文化，同样不会有这个。它们有我们失去的维度。

你是否在新西兰诗歌中发现了一种民间维度？

可能发现了。你必须掘开七层混凝土才能发现它，其中有一点在费尔伯恩的诗里，有一点在格洛弗[①]的诗里。我想还有一些在我

① Denis Glover（1913—1980），新西兰诗人、画家。

自己的作品里。也会在别的地方。寻找民谣的尝试——而这对城里人来说如此之难。你看他还没有得到一个团队。创作民谣你必须有团队。你会在毛利歌曲里发现民间文化，我确定。嗯，谈到粗俗，一个女人创作歌曲给剪羊毛的人唱。它们非常粗野——从我们的观点看也许是淫秽。这是一个正直的女人。她在创作歌曲给剪羊毛的人用毛利语唱。这在毛利文化中毫不奇怪。你看，他们会说“那很好！”这是否意味着道德的失败呢？完全不是！不！

你曾写过一篇题为《作家们为何停止写作》的文章，在文中你声称：基督教将为一个人继续写作同时提供必要的框架和张力。在目前处境下，你依然设法写作吗？

嗯，我确实写了，是的，偶尔，当我有闲暇和似乎有某种令人印象深刻的原因时。有时我的诗是工具性的，就是《斯塔古特糖厂谣曲》这首……它像一首马克思主义诗。不过它适用于它的类型，我想。而《吸毒者与警察之谣曲》这首——某种程度上又是一首社会性的诗，也许是一首团体之诗。我不会像我曾经做过的，那么急切地关心诗完成得如何好。《作家们为何停止写作》——嗯，把这个基督教的膏药涂在社会性的脓包上，我现在不那么看了。我宁愿认为“我们是人，必须学会互相爱，说出真实”。我可能更在乎无形的教会……仁爱[①]，显现在每个人心里的爱，那将带他去天堂和上帝那儿，让他加入到他的同伴们中间。但这不再是一个教义的问题了。也许在那时我认为教义会比它已治愈得更多。

也许社会批判的诗歌，其根本缺点在于，它试图宣传，且不包含好诗所必需的张力。

很对！它不包含冲突，不能根除的冲突，以及一个人内心里的生命收缩。我们会真诚地说：“你看，也许这是埋在每个人心里的十字架。”一个人的生命常常是一种收缩。他必须接受它，如果他是一个诗人，就表达在他的作品里……接受它的疼痛并在他的作品里表达。那时别人说“这个声音是可信的……”你看，因为那是他们自己的收缩的声音。你会在卡尔·夏皮罗[②]的诗里发现它：

①原文为拉丁语：charitas。
②参见前面的注释。

让风吹吧，因为很多人会死去。

笑声和悲伤携起手来。心儿总是
　　迈着沉重的步伐走在胸膛里；
布满皱纹的面庞像一张图表，
　　充血的眼睛流淌着泪水和潮汐。

这是一个有人性的人，你知道。他在那儿，在岛上——一个战士，一个男人，一个美国战士，但只是一个人。一个人变老了。他散架了。这是一种收缩，当我们同样不朽时，你看。在此生中没有解决办法。

嗯，一种根本的无政府状态似乎处在你生活方式的中心。我想到了你的诗句："波浪不贬低／或淹没什么分担了它们流动的姿势。"你可以对此说明一下吗？

一个人可能有时似乎被贬低或淹没，但随后他又像海豚一样冒出来了。也许这是神恩，我不知道。但我认为彼处表达的是：心中根本的无政府状态并非源于一种已选择的生活方式，而是未选择的生活本身。不管怎样，它就存在于每个人生活的核心。进入根本的无政府区域的恐怖是恐怖对于写作者……因为它像混沌[①]，世界起初的混乱，那时圣灵移动在那混乱上。那混乱内在于人类的心里。我们处于被创造的过程中，我们是未完全成型的生物。这种无政府状态对我们来说是非常痛苦的，也许是世界上最痛苦的事——知道了一个人是一堆被制成某物的混乱。

诗驯化那混乱么？

诗不驯化它，但给予它一种形式。它尽可能地接近它。诗对这混乱、这潜能抱着很大的尊敬，不试图毁坏它，而是向它举起一面镜子。而诗具有力量，是因为它真实。

① 原文为：tohu and bohu。

你曾被认为是一位非常有前途的年轻新西兰诗人……

噢，我知道。是的。

那带来了什么样的压力？

那确实歪曲了不少。嗯，一个人不再年轻。是关于什么的前景呢？是别人希望你成为的某物的前景。嗯，一个人的生活或写作，常常显出与他自己或别人希望或期待的很不一样。那么，领先于批评家大约五跳是好的，你知道（如果一个人用商人的风格谈话）……领先于他们十跳。让他们在后面捡拾碎片，而你去做别的事情了。然后你就在干净的地面上了，呵！他们对作品的看法不会赋予作品以质量：它要么拥有那种质量，要么缺乏。批评家不会赋予作品以质量，经常我们认为他能够。（就像教师认为他能指导，他所能做的是取出已经存在于孩子中的东西。）

一些批评家会认为你没有达到早期的预期，他们也许带着遗憾回看作品《吹吧，丰收之风》和《倾圮的房屋》。他们似乎会为你生活和作品发生的转换感到可惜。

好吧，老叶芝说过“如今我必须凋萎而入真实”，那是一种解放的状态，我想……成为自己，一个老人站在地上，若是我的话会赤脚——那也许是炫耀。但那时如果一个人说了，那也许是他自己的声音，而不再是其他人的回声。他们想要这个锦缎，你知道，依然如叶芝所说：“这个旧刺绣的锦缎。”嗯，那在当时是合适的。费尔伯恩开始写时是丰盈的，但后来变得坚硬——绿茵茵的植物变硬成为结实的棍子，你知道，用来打人，也许用一根橡木棍，或在他头上晃来晃去。一个人需要橡木棍，呵。在我看来真实是重要的，而非一个人显现在别人眼里的方式。

说到费尔伯恩……他把生活视为对意义的探求，并写道：“我们生活得越紧张，我们就越能够强烈地实现价值……”他补充说：“正是伟大的消极原则——不朽、死亡、沉默——维持着我们意识的模式。”你会评论这些吗？

①出自叶芝的诗作《随时间而来的智慧》，原诗应为：Now I may wither into the truth。

是的。我想那是爱尔兰小说家埃德纳·奥布莱恩所说的地面上的一堵石墙。你知道，这儿是这堵石墙，是农民们建造的。那是他们自己生活的一个象征。那持续着。它们维持超过一个人的生命，这些地面上的巨石。它们像墓碑，这些石头，它们是沉默的。而我自己，我发现自己内心其实越来越被吸引到这样一种状态：沉默、死亡、不朽，不管你喜欢什么——平静之点……平静[1]，平静的状态。在那儿，在那缝隙里！有时诗会从那儿出来，如同水从石头里出来。

从另一方面说，那种需要、那种渴求，可能引导你忍不住写作？

是的是的，很幸福一个人能够忍不住写作。就是那样。当我到了天堂，如果我曾做过，主会说：“你一生中大概说了一百亿词。那太多了。它们是好词还是坏词，是真的还是假的？”我将不得不说：“主啊，你给了我一副嗓子，你给了人们一副嗓子。你知道他们每时每刻都在说。在某种意义上他们中的大多数是假的。那是没办法的。”

（1971 年）

① 毛利语：rangimarie。

耶胡达·阿米亥诗十九首

傅　浩　译

阿米亥希伯来语原版诗集封面

耶胡达·阿米亥（יהודה עמיחי，1924—2000）是当代以色列最著名的希伯来语诗人，也是公认的20世纪世界上最杰出的诗人之一。其诗作于1990年由傅浩首次译介入中国大陆。傅译《耶路撒冷之歌：耶胡达·阿米亥诗选》是第一个汉译单行本，于1993年由中国社会出版社出版，收录译诗一百八十二首。其后于2002年由河北教育出版社出版增订本《耶胡达·阿米亥诗选》，共收录译诗二百四十六首；2016年由作家出版社出版第二次增订本《噪音使整个世界静默：耶胡达·阿米亥诗选》，共收录译诗五百七十二首。这里推出的是一组新译的阿米亥诗作。

夏季或季夏（选四）

你洗了水果。
你杀害了细菌。
椅子上：一只手表和一件连衣裙。
床上：我们，
这些都不穿戴，
只是彼此供给。

要不是因为我们有名字的话，
我们早就完全赤裸了。

真是奇妙，桌子上的
梦。
我们永远把水果
留到第二天。
这些天的一个傍晚，
我将有许多话要说，
有关保留在我们内心的一切。

夜半过后，我们的话语开始
影响世界之时，
我把手放在你的额头上：
你的思想比我的手掌要小，
但我知道这是个错误，
就像说手能遮住太阳一样
错误。

* * *

最后要弄干的是头发。
当我们已经远离大海，
当我们身上混合的言语和盐分
叹息一声彼此分离，
你的身体不再展示
可怕的古老标志的时候。
我们忘了几样东西在沙滩上，
以便有借口回转去，徒劳。
我们没有回转去。

这些日子我回想起那些日子，
上面有你的名字，好像轮船有名号一样，
还有我们怎样透过两道敞开着的门看见
一个正在思考的男人，我们怎样用从父辈
那里继承下来的盼望下雨的古老目光
凝望云彩，
怎样在夜间，世界都凉下来的时候，
你的身体还长时间保持着温度，
像大海一样。

* * *

就像我们身体的印迹，
我们来过这里的迹象一点儿也不会留存。
世界在我们身后关闭，
沙滩再度抹平。
日历上已经有你将不再
存在于其中的日期，
已经有风带来不会
在我们头顶上下雨的云。

你的名字在轮船的旅客
名单和旅店的住客
登记簿上，它们的名字
令人心死。

我懂得的三种语言、
我看见和梦见的所有颜色
都帮不了我。

* * *

在我们相爱期间，一座座房子盖好了；
有人不会，却
学着吹笛子，他的练习声
起起伏伏。此刻就可以
听见，此时我们不再填满彼此，
犹如鸟儿填满树顶的巢。
你已经在从一个国家到另一个国家
从一个意愿到另一个意愿不停地兑换货币。

尽管我们行为疯狂，
现在看来我们并没有过度
超常，我们并没有打扰世界，
世上的人们及其酣眠。
可是现在，终点。
很快我们俩谁也不会留下
来忘记对方。

一个预言归来

一张镶在紫罗兰色镜框里的相片，
距今五十年，给她的孙女：
“我奶奶在我这么大的时候
非常美丽，比我美丽，而且骄傲。”

从那时一个可爱的预言
绕着弯从未来归来
到我这里：我就是这样爱上了你。

我从侧面看你：
睫毛和眉毛的颤动，好像
翅膀的颤动，在眉骨
与颧骨之间的夹角中，眼睛像鸟儿做窝。

你全身都是可爱喧闹的做窝处：
从头到脚，
许多温暖的窝。

布宜诺斯艾利斯街头谣曲

一个男人在街上等待，见到一个女人
精致美丽得就像她屋里墙上挂的钟
悲伤苍白得就像挂钟的墙

她不让他看她的牙齿
她不让他看她的肚皮
但她让他看她的时间，精致美丽

她住在紧邻管道的底层
水从她的墙里开始上升
他选定了温柔

她知道哭泣的原因
她知道矜持的原因
他开始像她，像她

他的头发将长得像她的那样长而柔软
他的语言中的坚硬词语将在她嘴里融化
他的眼睛将像她的那样充满泪水

十字路口的红绿灯光反映在她脸上
她站在那儿，在允许和禁止中间
他选定了温柔

他们走在街上，街道不久会进入他的梦中
雨静静地挥泪洒在他们身上，犹如洒在枕上
拥挤不堪的时间把他俩都变成了先知

他将在红灯时失去她
他将在绿灯和黄灯时失去她
红绿灯总是准备为每次损失服务

当香皂和润肤露用完时他不会在那儿
当挂钟再次上弦时他不会在那儿
当她的衣裙分解成风中飞舞的线头时他不会在那儿

她将把他狂野的情书锁在一只安静的抽屉里
躺下睡在墙里的流水旁边
她将知道哭泣和矜持的原因
他选定了温柔

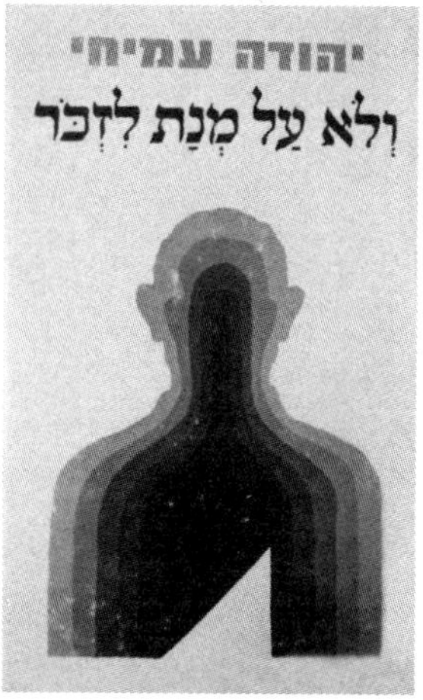

阿米亥希伯来语诗集封面

神　迹

从远处看，什么事物都像是个神迹，
但凑近看，就连神迹也不像那回事。
甚至红海分开时，穿越它的人
也只看见他前面的人
流汗的脊背
和大腿的迈动，

或顶多，匆匆往边上一瞥，
看见壁立的水中五彩斑斓的鱼类，
犹如玻璃板后面水族缸里的那样。

真正的神迹发生在阿尔伯克基市[1]
一家餐厅中的邻桌：
两个女人坐在那儿，一个有一道歪斜的
拉链，总体很好看，
另一个说：“我坚持把它拉好，
不哭。”
后来在那外国饭店的
红色走廊中我看见
彼此拥抱的男孩女孩。

小小的孩子生自他们；
他们抱着
可爱的小玩偶。

阿米亥希伯来语诗集封面

四首关于战争与和平的诗

1
在离我家不远的一个小公园里，
有一块大理石碑，上面用清晰字迹
写着一排排战死的士兵的
名字，就像一幢又大又空的大楼
入口处租客的名单。

2
我想起死在这里的那个
红头发男人，和他哑嗓子的妻子。

① 阿尔伯克基：美国新墨西哥州最大城市。

我想起多年前死在这里的那个
男人的哑嗓子的妻子。

我想起现在成了沉默的妻子的
那个哑嗓子妻子。

真正的流产
是那些在战斗中倒下之人的流产：
没有人对此
表示抗议。

3

有一回一枚炸弹
在肉铺边爆炸：
被屠宰的肉
被屠宰了一遍又一遍，
但是不再有痛苦，
几乎没有血。

4

我是个和平种族歧视者：
蓝眼睛的是谋杀者，
黑眼睛的是杀戮者，
卷发的是毁灭者，
直发的是引爆炸弹者，
棕色皮肤的撕我的肉，
粉色皮肤的洒我的血。

只有无色的，
只有透明的是好的。

她们允许我在夜里没有恐惧地安眠，
并透过她们看
天空。

在酒店里

黄昏还没有结束。在大窗户前
灯笼被点亮来标记
昼夜的边界。在酒店大堂，
矮化的柠檬树种在花盆里。
(在我国它们又高大又结果。)

电梯把你从我身边带走，
载着你的那神圣的轿厢
闪亮上升；
电梯的内脏代之下降——
沉重的坠子和链子
滴着黑色的润滑油和黏糊糊的沥青——
到我面前。

在游泳池

在这里，我脱下我可怕而愚蠢的衣服，
把它们放进更衣室的圣约柜中。
金属的气味、水和铁锈的气味
是对遥远的港口、对已从这世界上
消逝的世界的向往之情散发的香气。

我在泳池中平静地从一边游到另一边，

以我生命的节奏和记忆的动作。
我的嘴唇上是我的储藏柜号码的喃喃记诵，
就好像《诗篇》的念诵，好像免于毁灭的咒语。
同我一起，年轻的男女充满热情地游着，
在比所有净化沐浴都强大的纯净之中，
美好而被太阳的欲望晒黑，被我的欲望镀金。

我是迈尔和芙利达之子，必死者之子，
即将死去的我祝福那些
在我身后继续活着的人，就像竞技场上的角斗士
在最后一场搏斗之前。
丢东西的我用热烈的话语描述我将丢失的；
住房将被拆毁、身体将腐朽的我
赞美新房子
和依然新鲜、充满爱的身体。

我从水中出来，我擦拭我的身体，
像擦拭另一个人的身体，然后穿上衣服。
我说出对泳池的祝福，
然后，如同额头受了一吻，[①] 忘记了那号码。

我父亲身穿白色宇航服

我父亲，身穿白色宇航服，
迈着逝者一脚轻一脚重的步子
在我飘忽不定的生活表面
到处走动。

他叫出名字来：这是童年陨石坑。
这是条裂沟。这发生在你的成人礼上。这些

① 犹太人传说，人在出生之前，灵魂记得摩西五经全部，但在天使触摸了婴儿的下巴之后就全忘了。

是白色山峰。这是从那里
发出的低沉声音。他采取样本，放进他的衣兜：
沙子、词语、我梦中的叹息石。
他检视，判定。他把我称为
他的厚望行星，我的童年、他的
童年、我们的童年之地。

“学会拉小提琴，儿子。你
长大后，音乐会帮你
度过寂寞和痛苦的艰难时刻。”
这是他曾经对我说的话，但我不相信他。

然后他飘走了，他真能飘啊，飘进了他那
无尽的白色死亡的悲伤中。

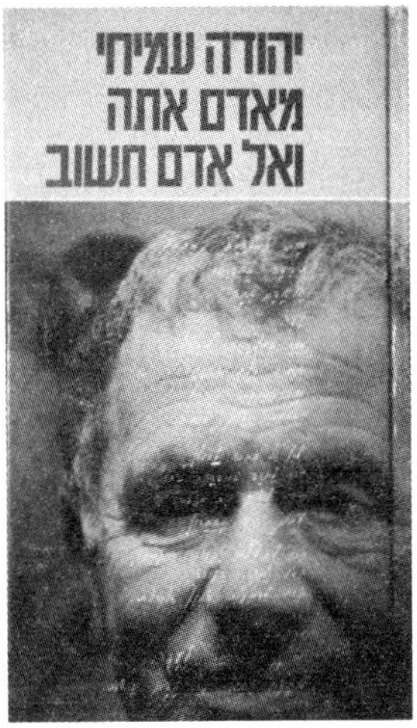

阿米亥希伯来语诗集封面

亚革悉*

1
云来自南方，尼罗河
溢出了堤岸。于是有了希望。
战争在这里假装和平，
这海滨依然相信一切，
漂流的纸和纸上写的一切，
海草、海藻、海浪继承的
遥远的异邦的手势。
水中的岩石覆盖着苔藓，
温暖得像湿毛衣下面的身体；
一个男人携带着穿过他肩上吊带的曲调。
长腿女孩好像有着高挑
圆拱的美丽房屋的遗迹。

* 亚革悉：以色列北部地中海沿岸一处古迹，为公元前20世纪的一座迦南古城遗址所在，现该地被辟为国家公园。

海上来的风吹凉我热乎乎的睾丸；
我触摸沙滩的皮肤；
我触摸大海的肌肉；
影子在一处废墟中破裂而不撕开；
一条蛇被一块碎玻璃割伤，
从墙头上挂下来，像一个脱衣
女人的漂亮腰带。
在一座被毁了的房子的门槛石上，
一只西瓜被屠杀，劈开；
一张浅色的脸扬起，
大量的泪水缓缓下淌。

2

许多已死的族群在这里留下
它们的遗迹，好像海边被遗忘的衣服。
这是一个方便的地方，可以存放我的童年，
铺开我的记忆的工具。
在这间有裂缝，中间由一根方柱
支撑的屋里，悬挂着的早就
干掉了的钓鱼竿和一盏被飓风忘掉了的防风灯之间，
钩着用来盛空气，一根桅杆，一张渔网，
它曾拖进渔夫和鱼，
连同我的四十六岁。

一个男人在童年时学会说话，
就可以在越来越孤独时
对自己说话；
跟别人说话是个短暂阶段。
有些东西变得沉重，
有些变轻，有些是锚，有些是帆，
只有等时间过去之后，

你才知道哪个是哪个。
你不再想要远景，你想要
平面的平静，不是一张你可以
在上面放东西的桌子，不是一座可以进入的房子，
而是线条，像孩子画的，不是应许着
永生的深度，不是有着树木越来越小的
林荫大道，不是一艘即将消失在地平线上的轮船。

3

回归始于此处。回归
不必是回到你曾经
居住的房屋，也可以是
到一个不同的、遥远的地方。
你应许给自己什么？
站在海浪的涌动前，那使你想起
一个突然坠入情网的少女
随着兴奋呼吸起伏的乳房，你
应许什么？又一封信？平静？
我们的名字失掉我们；
我们的道路可以没有我们。
也许一个漫游的记忆——其回忆者已走失——
会发现这些时辰并降临；
你的心像个银行出纳员数着它的时刻：
纸张的沙沙声多过金子的丁零声，
多过血和肉，多过海浪的喃喃低语。

又奇怪又多余，你总是随身
带着一切，就像个乞丐害怕
把他少得可怜的财物存放在一个安全的地方，
你的头发，你的双腿，你所有的记忆；
去把你的耳朵放到没有声音的地方，

你的肝脏，你的肚肠，
以及其中的一切，当你只需要
一张嘴，一只爱抚的手，
一个念头，一个生殖器的时候。
你收集的爱越多，
你的肉体和灵魂，整个的你
就会背负越多人情、依赖、
争吵。结果真相大白：
你以为是坚强意志的东西
只不过是耶路撒冷的石头的坚硬；
你离弃它之后，就不一样了。

4

一次又一次，你在想象的起跑线上
摆好姿势，好像重新开局的象棋子；
你累了。你给出自身，
如同一个二手礼物，包在漂亮的纸里，
接受时没有惊讶，没有喜悦的叫喊。

帆船和马匹留下来当玩具，
帕尔马赫[1]战争歌曲在婚礼上，
在大娘大妈和粗鲁无礼的乞丐中间演奏。
海又平静又大。你凝望的眼光，
好像一束射向远方的航标灯光，
照见坐在你附近的女孩，
把她的脸变成被照亮的远方，
没有靠近的希望。

5

就这样我迟来的灵魂，
也许是上一个，现在开始在我身上成长，

① 帕尔马赫：希伯来语缩略词，义为“打击力量”，是1941年5月在英国托管的巴勒斯坦地区建立的一支犹太人地下武装力量，在1948年以色列独立战争中起到过重要作用。

从外面，好像常春藤攀爬一座
即将被遗弃的房子，要装点废墟。
还有希望。云
还在仲夏到来；
一个年轻女人带来她的心，
像一个大红球一样来玩儿；
海还把她晒黑的皮肤
用作滚落的泪水、起泡的大笑。

你都能拿这些衬托什么？
我缓慢的散步，连爱都不是；
我的散步是不变的第五季节。
我的脸把自己裹在风里，不碎裂。
在我上方，超级夜声的回音；
灰头发就是灰头发。

欧阳江河谈美国诗人格丽克获诺贝尔文学奖

[**编者按**]2020年，美国诗人格丽克获诺贝尔文学奖，中国诗人欧阳江河在第一时间接受记者采访，谈了他对格丽克获奖的几点感受，他的访谈体现了中国当代诗人对于外国当代诗歌的理解和把握。征得欧阳江河先生同意，我们特将他的访谈刊于此。

诺贝尔文学奖多年不给美国诗人，所以整个20世纪几个伟大的美国诗人一个都没得奖，包括我认为在整个20世纪不光是美国诗歌、英语诗歌，在全世界也是最杰出的三个诗人——庞德、弗洛斯特和史蒂文斯三个人都没得奖。这跟诺贝尔文学奖的阅读趣味有关，但是更跟他们来自意识深处的文化上瞧不起美国的老欧洲骄傲有关，他们可以给小说，但是不给诗歌，因为这是欧洲最后一点骄傲的资本了。

错过了几个伟大的美国诗人，本世纪这么近地连续给了两个美国写诗的人，一个是鲍勃·迪伦，一个就是格丽克。他们是不是想要弥补一下这样的傲慢？但也可能他们趣味变了，稍微年轻一点的评委上来了。但是当他们这样做的时候，几个伟大的美国诗人已经去世了，跟那几个伟大的美国诗人比，这两个得奖的人真算不了什么。鲍勃·迪伦我就不承认，他的诗写得不错，但是我不承认他是诗人，他根本不是专业意义上的诗人。格丽克在当今活着的诗人中毫无疑问是一流的，但跟刚才讲的那三个伟大诗人，她整整地差了一个档次。

这次给格丽克又是一个政治正确，女诗人，然后在文化意识形态、文化背景、内心的诗学传统意识上，她是欧洲的，她是匈牙利裔犹太人，尽管在美国生长，但是她的家族意识、宗教意识、文化背景都是跟老欧洲有千丝万缕的联系。她当然也受了一些美国诗歌的影响，但跟美国的诗歌主流格格不入。这是我要说的第一个意思，就是当诺贝尔文学奖要给美国诗人的时候，发现已经没有任何一个伟大诗人，所以他们给了一些杰出诗人，这是诺奖文化短视、文化傲慢的一个体现，我们也不能对诺贝尔文学奖说三道四太多，它毕竟是一个精英读者的奖，不是一个文学专业机制的奖。

第二点我要说的是，格丽克本人是一个略有点流行的学院派的小众诗人，肯定不是一个伟大的诗人，这是毫无疑问的，但是一个相当杰出的诗人。她不是美国大众诗歌的一部分，既不是语言派的那些烧脑的玩词语和修辞的诗人，也不是那些像布考斯基这样反文化、反精英的诗人，不是金斯伯格这样的文化上的造反派诗人，也不是纯粹的女性主义政治正确的产物。她还不是移民诗人，她带有移民性质，但基本是在美国土生土长。美国获诺贝尔奖的都是移民诗人，比如说布罗茨基、沃尔科特、米沃什，沃尔科特是来自偏远海边的文化小种族，米沃什是冷战期间从东方阵营叛逃到西方阵营的诗人，这样的“美国诗人”是可以获得诺贝尔奖的，但是本土的美国诗人不行。鲍勃·迪伦算一个本土诗人，但是他主要是音乐家，也是反抗文化的一个代表人物，但是他又不是金斯伯格。所以诺贝尔奖在评选美国诗人的时候，真是绞尽脑汁，你可以感觉到他们的谨小慎微，以及他们精致得恰到好处的讲究比例分寸的而不是伟大的精英趣味。

格丽克的教育完全是在美国接受的，哥大毕业，又是耶鲁大学的诗歌教授，应该说是一个精英诗人、学院派诗人，她在写作中带入了经验、家族史以及情感生活、自传性生活，但又不是摆拍的。尽管她的原创性可能还是脱不了时代精神、时代潮流的裹挟和影响，但还是有个人的原创性。她语言上也有特点，在理智和情感上保持了一个恰当的比例，有一种月光般的冷静的质地，不是黄金的质地，也不是铁的或木头的质地，而是像合金一样的质地。所以她有一本诗集在国内翻译出来就叫《月光的合金》，很恰当地反映了她的语言特点。

第三，格丽克的诗是很有个性的，有一种个人的语言特质，这种特质和她的经历、文化背景以及诗歌主题、诗歌风格都有一种非常契合的关系。但这样一种个人的独特性，在翻译成中文诗歌的时候，基本上使用了一种公共语言，这种语言削弱了格丽克的个性，她自己非常明显的、独特的一些东西被中和掉了、牺牲掉了，更多地符合中国人现在的翻译趣味和习惯，让她变得跟其他被翻译的当代诗人具有了一种共性。这种东西并不是格丽克本人原有的，而是在翻译中后加给她的，翻译者并没有有意识地要强加给她，但是自然而然地用了一种公共性的语言来翻译她，这种语言过于纯熟、过于轻易、过于流畅。这种东西是有很大问题的，它没有重量，它的流畅是中文翻译语言自己的一种习惯，这种习惯又跟中国当代诗人写作带来的一种习惯性的、流行性的、公共性的东西有一个合谋关系，这就让我们认识格丽克的时候，很难把她跟其他诗人截然分开。所以我们能否通过翻译真正读到原样意义上的格丽克我是非常怀疑的。

这种惯性的语言用来翻译一个小诗人没问题，用来翻译一个杰出诗人就有很大问题。这种语言翻译不了庞德，因为庞德的原文里面反对这个东西，他自制、内置了一个反对它的东西，那种复杂性、拗口性、碎片化。所以从翻译的角度，我们也可以认定格丽克绝不是一个伟大的诗人。

但是这件事情对格丽克也是有点不公平的，格丽克不止这个样子。反正我看她的译诗是无法被打动的，然后我对照着英文看了一下，虽然我的英文不是太好，但是我大概看了一下，我觉得是不是可以在翻译的过程中再加一些不那么流畅、公共、流行的中文，翻得别扭一点？那个东西有没有可能更接近格丽克？

第四，诺贝尔文学奖前年丑闻之后，去年一下给两个人，其中托卡尔丘克一定是政治正确的考虑，一个二流作家，欧洲的新潮，骨子里反而是美国的。我觉得非常奇怪，让我对于诺贝尔文学奖的趣味越来越质疑。但是今年，他们在这样一个疫情的全球灾难的情况下，大家都在想诺贝尔奖会不会来一个暗示性的东西的时候，结果诺贝尔奖这次选择的是文学。而且格丽克基本上不是一个大众诗人，不是一个热门诗人，是一个有点小众的默默写诗的诗人。这个选择让我对诺贝尔文学奖还是多了几分敬意。

而且耶鲁大学的诗歌写作教育是非常有名的，他们有两个标杆性的人物，一个是去世不久的哈罗德·布鲁姆，还有一个就是格丽克。所以某种意义上讲，是不是也有诗歌教育的这样一个含义在里面？

融合艺术·自然主题·诗艺传统

——德语诗歌最新动态

胡　蔚

一、当代德语诗人在中国译介寥寥

德意志作为诗人和哲人的疆域，德语作为诗人和哲人的语言，德语诗人向来为中国诗坛和学界所关注和推崇。无论是德国古典浪漫文学时期歌德、席勒、荷尔德林和诺瓦里斯等诸位诗哲，还是20世纪现代主义诗人里尔克、特拉克尔、布莱希特、贝恩等，或是二战后成名的诗人策兰、巴赫曼、奈莉·萨克斯等，在中国的知识分子群体和诗歌爱好者中都拥有数量可观的拥趸。

而对于两德统一之后的当代德语诗人，汉语译介刚刚起步，其中颇为令人欣喜的是，2008年唐晓渡、西川主编的《当代国际诗坛》创刊号刊出了贺骥翻译的格林拜恩（Durs Grünbein, 1962—）诗选。格林拜恩有当代德国桂冠诗人美誉，1995年三十三岁时即获德国最高文学奖毕希纳奖。他的诗集译本《褶皱与陷阱》（贺骥译，湖南文艺出版社），于2017年出版。另一位声名日隆的德语新生代诗人扬·瓦格纳（Jan Wagner，1971—）的诗集译本《蜂群自画像》（姚月译，江苏凤凰文艺出版社）亦已于2020年面世。此外，近年来有汉语译诗集出版的还有三位中生代诗人：2009年诺贝尔文学奖得主赫塔·米勒（Herta Müller，1953—）的图文拼贴诗集《托着摩卡杯的苍白男人》（李双志译，译林出版社，2010），福尔克·布劳恩（Volker Braun，1941—）的诗文选集《未终结的故事》（包含小说和诗歌，王彦会译，人民文学出版社，2015）、恩岑斯贝尔格（Hans Magnus Enzensberger，1929—）诗选《比空气轻》（姚月译，江苏凤凰文艺出版社，2015）和马蒂亚斯·波利蒂基（Matthias Politycki，1956—）诗选《在光与万物背后》（胡蔚等译，贵州人民出版社，2021）。这些诗集的出版难能可贵，较之小说和散文，诗歌的翻译难度高，在异文化中的接受更为不易，更何况是尚未被经典化的德语当代诗人。

除了诗集出版之外，学术文化机构、国际诗歌节和出版社对于当代德语诗人在中国的译介宣传起到了不可小觑的推动作用。比如扬·瓦格纳于2017年获颁中坤诗歌奖就在媒体上有广泛报道，同年获中坤奖的还有郑敏、屠岸两位前辈诗人和译者。扬·瓦格纳等德语诗人受邀参加北岛主持的香港国际诗歌之夜，马蒂亚斯·波利蒂基受上海作协和鲁迅文学院邀请，先后在上海和北京担任驻留作家，受北京大学、歌德学院等学术文化机构邀请进行公开朗诵会和对谈。

歌德学院一直以来通过翻译资助、诗人邀访等方式致力于对当代德语诗歌的宣传推广。2017年秋天在北京、南京两地成功举办了“诗人译诗人”诗歌活动，邀请德语诗人扬·瓦格纳、安·柯腾（Ann Cotton，1982—），斯蒂芬·波普（Stephan Popp，1978—）、迪尔克·封·彼得斯多尔夫（Dirk von Petersdorff，1962—）、许俐雅（Lea Schneider，1990—）与杨炼、唐晓渡、臧棣、刘立杆、朱朱、戴潍娜等中国诗人展开诗歌互译，在媒体中获得广泛报道和好评。其中，扬·瓦格纳的诗歌《蒺藜》（Gierisch）经过杨炼的翻译颇有意味。蒺藜是一种四处生长的荒草，在德语中与“欲望”或“贪婪”（gierig）同音。诗歌不拘泥于通常的元音尾韵，而是充分发挥了德语辅音的魅力，运用头韵、回文、拟声，造成中心音节循环往复，造成一种聚焦以及同一主题的变奏和发散，拟写出一种蒺藜四处蔓延的意象，这些微妙的语言细节在杨炼的译诗中得以精妙地再现。2022年9月，歌德学院将邀请北京大学德语系奇译诗坊举办德语最新诗歌译介和朗诵会。

二、德语诗坛的当代“涅槃”

德语文学史通常将两德统一的1990年视为德语当代文学的开启，而将1945—1990年称之为战后文学。两德统一以后的三十年德语文坛上，诗歌创作和诗歌评论蓬勃发展，诗人的创作也非常活跃，改变了20世纪下半叶战后文学中小说和小说家独领风骚的局面。这一德语当代文坛上的“诗歌涅槃”现象，可以从1990年前后毕希纳文学奖得主中的诗人比例上窥见一斑：从1991年到2022年的三十余年中，有九位诗人获毕希纳奖，将近三分之一；[①]而从1951年到1990年的四十年时间，仅有六位诗人获此荣誉。[②]这并非意味着，统一以前的东西德文坛没有优秀的诗人，而只是说明文学评论界将小说作为更加重要的体裁，读者对君特·格拉斯、马丁·瓦尔泽等小说家也予以更大的关注。

活跃在当代德语诗坛上的诗人中，既有恩岑斯贝尔格（1929—）、宫沐灵格（Eugen Gombringer，1925—）这样年逾九十、经历过纳粹政权兴衰、冷战时期和两德统一的诗坛常青树，也有一批出生于战后，探索形式实验、拓展诗歌表达边界、融汇东西方传统的中青年诗人崭露头角。扬·瓦格纳和毕咏·库里克（Björn Kuhligk）等主编的青年德语诗人诗选《当下之诗》（Lyrik von JETZT）（2003，2007，2015）迄今已出版三卷，诗歌作者年龄不超过三十八岁，从题材到媒体都显示出丰富多彩的多样性和国际性，对于东西方传统和文化的融合和体现在形式和主题的创新实验中，诗歌的发表方式也从传统的纸媒拓展为网络媒体、音乐光盘等多种形式。

德国、奥地利和瑞士三地德语国家对于诗歌创作的重视和鼓励体现在数不胜数的各种诗歌奖、诗歌网站、诗歌基金会和诗歌节的设置上。例如，坐落于慕尼黑大学附近阿玛利亚大街上的“诗歌珍藏馆”（Lyrik Kabinett）便是由乌尔苏拉·郝乌斯亘（Ursula Haeusgen）夫人于1989年创建，由其家族私人基金会管理。创建人的初衷是改变诗歌在德国不受重视的局面，经过多年经营，已经从一家书店发展成为德国存书量最丰富的世界诗歌图书馆，收藏世

① 1991—2022年获得毕希纳奖的诗人是：比尔曼（Wolf Biermann，1991）、吕姆柯尔弗（Peter Rühmkorf，1993）、格林拜恩（Durs Grünbein，1995）、基尔施（Sarah Kirsch，1996），布劳恩（Volker Braun，2000），帕施迪奥尔（Oskar Pastior，2006）、贝克（Jürgen Becker，2014）、扬·瓦格纳（2017），埃尔朴（Elke Erb，2020）。

② 1951—1990年获得毕希纳奖的诗人有六位：本恩（Gottfried Benn，1951）、艾希（Günter Eich，1959），策兰（Paul Celan，1960）、恩岑斯贝尔格（Hans Magnus Enzensberger，1963）、巴赫曼（Ingeborg Bachmann，1964）、弗里特（Erich Fried，1987）。

界各地诗人的出版物，其中不乏罕见的珍藏诗歌版本等。诗歌珍藏馆每年举办四十五场与诗歌相关的公开活动，定期邀请世界各国诗人和诗评人举办研讨会、读书会和展览，已经成为德国文坛最重要的诗歌中心之一。

德国自中世纪以来就有丰富的赛诗传统，瓦尔特堡赛歌会（Sängerkrieg auf der Wartburg）的传说便是对于这种诗歌传统的写照。各个民族的诗歌生发之初都具有公共性和口传性的特点，而在德国各地举办的诗歌节可以看作是对这一诗歌传统的延续和创新。科隆大学举办的“Poetica”世界诗歌节是德国近年来颇有世界影响力的诗歌节活动。科隆Poetica诗歌节的倡办者，科隆大学德文系教授君特·布朗贝格（Günter Blamberger）与德意志语言文学院合作，自2015年起，每年从世界各地邀请诗人围绕一个主题举办公开演讲、对谈、工作坊等活动，迄今已经举办七届，每次由一位诗人负责策划和邀请参会诗人。七次诗会的主题依次为：“诗歌的力量”“蓝调”“灵魂及其语言”“对于身份的超越”“狂喜”“反抗”“声音档案”，讨论包括诗歌的社会和政治意义、诗歌的音乐性、诗歌写作和翻译等问题，诗歌节活动在大学报告厅、剧院、博物馆和文学馆举行，探索“世界文学时代”（歌德语）中诗歌写作的多种可能性、诗歌发挥作用的广阔疆域，在不同语言、不同文化之间所起到的沟通作用。

三、德语诗坛最新动态三种

北京德国图书信息中心（BIZ）是法兰克福书展的驻华机构，是中德出版业沟通的桥梁。2021年，这个机构汇总了2018—2020年出版的三十本德语诗集，通过歌德学院图书馆的姜乙老师送到我手里。这三十本诗集风格各异，题材纷呈，形式多样，可以探察到德语诗歌发展的最新动态，其中既有名家前辈如赫塔·米勒、欧根·宫沐灵格的新作，也有初出茅庐的新人，如爱娃·罗恩贝格（Eva Maria Leuenberger，1991—）的《灵魂出窍》；除了传统的诗人个体写作，有多部诗集是诗人与画家或诗人与乐手的合作，如米歇尔·克吕格（Michael Krüger）的诗配画，瑞士伯尔尼的Rimini双人组合；这些诗集的出版方除了德国旗舰级的人文出版社苏尔卡普（Suhrkamp）、汉瑟（Hanser）、费舍尔（S.Fischer）之外，还有一些小众的诗歌出版社如Wolfbach、Elif推出一些新人新作和主题诗集。慕尼黑诗歌珍藏馆（Lyrik Kabinett）2020年出版的诗集《归根结底我更愿意是一首诗》（Im Grunde wäre ich lieber Gedicht），这本蓝色亚麻封面的诗集装帧典雅考究，选录了自1989年到2019年三十年里受邀在“诗歌珍藏馆”诗歌活动中朗诵的诗歌，敬献给“诗歌之家—— 一个美好而难以实现的理想”（莫泽巴赫语）。中国诗人也曾几次受邀在诗歌珍藏馆里举办活动。张枣2001年3月1日在诗歌珍藏馆举办活动时朗诵的诗歌《早晨的风暴》（德语译者顾彬）也被收录其中。翻阅这三十本德语诗集，发现近年来德语诗坛中存在三种明显的趋势：

第一、诗歌媒介上探索诗歌与视觉和听觉艺术的融合；

第二、诗歌对于自然主题的多样呈现，对于人与自然关系的反思；

第三、对于东西方诗歌形式传统的吸纳和创新。

3.1 诗歌作为诗歌、图像和音乐三位一体的融合艺术

“诗的姊妹艺术，一是图画，一是音乐。”朱光潜先生在《诗论》中已有定论。[①] 当代德语诗人对于诗歌媒介的拓展，对于诗歌形式的创新让人印象深刻。2009年诺奖得主赫塔·米勒以小说《呼吸秋千》《秋千》等小说创作而知名，她的诗人身份总是容易被忽视。事实上，赫塔·米勒在罗纳尼亚大学时期就开始诗歌创作。她在1987年移居德国之后开始了拼贴诗（Collagengedicht）的创作，迄今已经出版了六本拼贴诗集。几十年来，她习惯于在阅读时剪下文字，按字母顺序排列，存放在抽屉里，成为自己拼贴诗创作的语料库。在创作拼贴诗时，她会考虑字体大小、颜色、排版和纸张，将单词和图片回收利用，使其重新进入语言的循环之中，图像文字的重新拼贴衍生出多层意义空间。2019年出版的《乡愁里的蓝色大厅》（*Im Heimweh ist ein blauer Saal*，Hanser，2019）

① 朱光潜：《诗论》安徽教育出版社，2006年第127页。

是米勒最新出版的拼贴诗集。在诗集前言《脑海里的回音》(“*Das Echo im Kopf*”)中写道:“到处都有字词在等我,我得把它们剪下来。”“拼贴”的创作方式将脱离原文语境的字词和图画重新拼贴,解构了传统诗歌的写作方式和接受方式,重新建构了一种表意上的跳跃和音韵上的动荡,取代了传统诗歌的韵律和谐之美。拼贴诗歌更是一种图像艺术,不同于传统的阅读诗歌,读者首先采取读图的方式获取信息,“观看”取代了“阅读”。图像诗,诗与画的组合,在西方文学中有悠久的传统。古希腊罗马时期起就有诗人用诗行组合成图形,中世纪到巴洛克时期流行的寓像诗(Emblematik)中图像与寓意(诗)构成互为指称。20世纪初的达达主义艺术家利用各种文字和物质的“碎片”进行拼贴,消解了文本和世界的意义。赫塔·米勒自述她的拼贴图像诗是出于一种政治反抗的姿态。“大量的文字占有是同过去的对立,同文字审查的对立。”赫塔·米勒作为德裔少数民族在冷战期间的罗马尼亚度过了青少年时期,她的家园和乡愁总是与政治高压和身份危机交织在一起。这部《乡愁里的蓝色大厅》亦是如此,且延续了她拼贴诗中谐谑童趣、举重若轻、意味深长的风格。

诗与画的“跨界合作”几乎成为风尚。2020年德国著名诗人米歇尔·克吕格(Michael Krüger)与视觉艺术家克里斯蒂娜·封·彼特(Christina von Bitter)合作,为后者的微型画配诗,完成了妙趣横生、诗画相映成趣的诗画集《暴雨过后,蚊群来袭》(*Nach dem Gewitter die Mücken*)。

诗歌起源之初的公共性和表演性在人类学和考古学上早有考证。在文学史上,直到18世纪启蒙以后,诗歌作为文字阅读的对象才逐渐成为传统。时至今日,在德语国家,读者对作家的公开朗诵(Lesung)趋之若鹜,正是文学作为“混合艺术”的魅力所在。诗歌的音乐性、文字的声音特质、诗歌和音乐的合作在当代德语文坛上成为诗人关注和探索的对象。2005年以来,瑞士伯尔尼的诗人阿丽亚娜·冯·格拉芬里德(Ariane von Graffenried,1978—)和声音实验艺术家罗伯特·艾伯哈德(Robert Aeberhard,1977—)以Fitzgerald & Rimini化名合作创作,迄今已经发表了三部作品

《贵族统治与疯狂》(*Aristokratie und Wahnsinn*, 2011)、《壮游》(*Grand Tour*, 2015)和《50 赫兹》(50 *Hertz*, 2019)。他们的作品是一种声音拼贴和诗歌文本的融合，尝试声音与空间、音乐与文学的链接，既是一本附带 CD 的诗集，也可以说是一盘附带歌词的音乐 CD，既在音乐节，也在文学节上演出。

2019 年新发表的《50 赫兹》是这一瑞士新锐诗乐组合的最新作品。50 赫兹是欧洲电网的标准频率，持续不断的脉冲音成为这张 CD 中八首作品的背景乐，同时在编曲中又加入了电子乐、摇滚乐、新浪潮等多种元素，成为一种声音拼贴。格拉芬里德的朗诵才是听觉的焦点。这张专辑的八首叙事诗讲述了八位女性的故事：首位独自太空旅行的女性、苏联宇航员捷列什科娃、1848 年三月革命的无名烈士奥古斯特 · 文策尔、性爱机器人 Harmony、著名瑞士影片《海蒂》中的配角家庭女教师、美国最早的伤寒带菌者伤寒玛丽、美国西部枪手灾星女简、包法利夫人、马奈画中的黑人女性劳尔。Fitzgerald 的说唱技艺精湛，各种语言交替、口述与歌唱穿插，或者质疑、重写传统历史书写中的女性形象，或者将淹没在历史洪流中无名女性故事娓娓道来，用一种新的诗意的声音来打破和覆盖固化冷漠的历史叙事——如同 50 赫兹频率的噪音。

3.2 德语诗歌中的自然书写

自 2017 年起，德国环境部每年颁布德国自然书写奖（Deutscher Preis für Nature Wrting），迄今已有六届，奖励德语当代作家对于自然感知、自然历史、环保运动的书写和反思。自然书写（Nature Writing）这一文体在 20 世纪英美文学中形成了传统，德语文学中关于自然文学和自然哲学的书写可以追溯到启蒙时代，甚至更早，德国浪漫主义诗哲中关于自然的感知，对于自然与文化的关系反思深刻地影响了英美的自然书写。当代德语文学中自然书写在近十年的兴起引人瞩目，同样在德语诗歌创作中也有所表现，德语自然诗这一古老的诗歌传统为当代人反思人类和自然在“人类世”的关系提供了一种历久弥新的文体。

2020 年前后出版的诗集中，诗人对于自然物、自然景观、自然哲学的思考密集而深入。如玛丽昂·波诗曼（Marion Poschmann，1969—）以气候和动物志为描写对象的“咒语书”《雨云》（*Nimbus*，Suhrkamp，2020）。以斯帖·金斯基（Esther Kinsky，1956—）的《板岩》（*Kiefern*，Suhrkamp，2020）将人类记忆和岩石景观为类比。凯斯汀·普莱乌斯（Kerstin Preiwuß，1980—）的《露点》（*Taupunkt*，Berlin 2020）探寻物质状态及其潜在的变化——无论是熔化、升华或是凝固。博物学家和诗人黑宁·茨布里茨基（Henning Ziebritzki，1961—）编写了一本诗体的《鸟谱》（*Vogelwerk*，Wallstein，2020），记录了乌鸫、喜鹊、游隼等五十二种鸟类，审视人类作为自然界的威胁者和旁观者的身份等等。其中，两位女作家的诗集波诗曼的《雨云》和金斯基的《板岩》受到了读者和评论界的广泛好评，获得了多个文学奖项。两位女作家的生平和创作有不少共同之处，都出生于德国西部莱茵河地区，且都在波恩学习过斯拉夫文学，作品皆擅长以自然为主题，两人先后获得过德国自然书写奖，同为德国著名的苏尔坎普出版社的签约作者，在诗歌、散文和叙事作品上皆有佳作，获得过许多著名的文学奖项。

玛丽昂·波诗曼1969年出生于德国传统工业区鲁尔地区的首府埃森市，大学在波恩和柏林学习德语文学、哲学和斯拉夫文学。2002年以诗集《封闭的房间》（*Geschlossene Kammer*）登上文坛，二十年来，有十余部小说、诗集和评论集问世，屡获文学奖项。近年来发表的“日本三部曲”，朝圣小说《松岛》（*Die Kieferninseln*，2017），哲理诗和哀歌诗集《借景》（*Geliehene Landschaften*，2016），评论集《观月在无月之夜》（*Mondbetrachtung in mondloser Nacht*，2016）从题材到哲理，都深受日本文学传统和自然观念的影响。波诗曼曾在日本京都居留，对日本的园林艺术颇有切身体悟和研究，也沿17世纪俳圣松尾芭蕉曾经走过的奥州小道进行过朝圣之旅。日本的造园艺术和自然风光触动了波诗曼对于东西方神秘主义自然观念、美学传统的思考和比较。在《松岛》中，波诗曼借男主人公之笔，写出了自己的发现：“圣文德在万物中找到了上帝，或者说他通过万物找到了上帝，芭蕉却是在上帝中以及通过上帝找到了万物。”（《松岛》，张晏译，东方出版社，第

69 页）

波诗曼是首届德国自然书写奖得主，2020 年最新出版的诗集《雨云》延续了她对自然的思考，将德语自然诗的审美传统放置到全球环境恶化、气候变化和种族灭绝的话题中，将童年记忆、当下观察、历史知识与自然景观交织在一起。诗集分为九个组诗：“西伯利亚的动物风格”“动物志”“城市萨满”“智慧树”“青瓷颂歌”“伟大的北方探险”“跨西伯利亚铁路”“灵性”，将自然的崇高伟岸内化为细腻的心灵空间，也将历史上伟大的西伯利亚探险与现代城市日常观察中的灵性，用诗句链接起来。“雨云”既是气象学上的专有名词，原意为“雨前黑云”，又有“神圣灵光”之意，波诗曼以此呼应德国启蒙时期大诗人克洛卜施多克描写春雷颂神恩的古典体颂歌《春之祭》——现象界与精神灵界在自然中同在之义。歌德晚年写的组诗《纪念霍华德》描写云的多种形态，其中也有《雨云》一首。波诗曼在这本如“水晶”般晶莹的诗集中，将现代自由诗、古典颂歌体和十四行诗体交换使用，自然轻盈，浑然天成。这本诗集已经为波诗曼赢得了不莱梅文学奖、奥菲尔诗歌奖等多个奖项，波诗曼也因此被誉为德国当代最好的诗人，与自然灵性契合的“精灵女王”（Erzkönigin）。

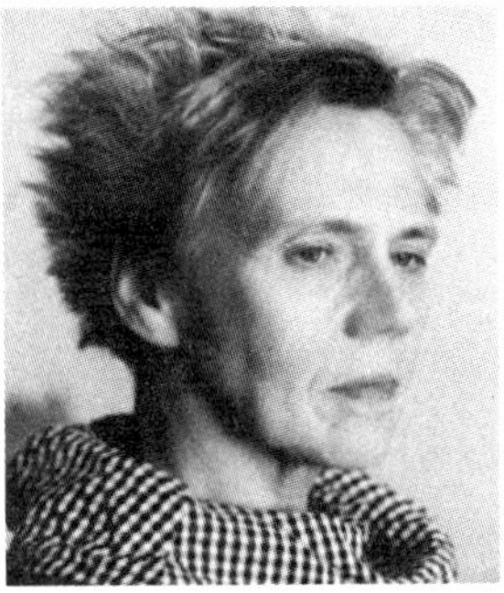

以斯帖·金斯基 1956 年出生于北莱茵－威斯特法伦州小镇恩格尔斯基兴（Engelskirchen），是波兰语和英语的译者，在翻译和写作中都颇有建树，2009 年因翻译成就获得保罗·策兰奖。2015 年，小说《在河边》（*Am Fluss*）描写伦敦郊区利河（River Lea）沿岸的后工业时代的风景，获得德国图书奖提名；2018 年，“地形小说”《林》（*Hain：Geländeroman*）获得莱比锡书展虚构文学类大奖。这部小说具有自传色彩，以新近丧夫的主人公第一人称视角，描述了前往意大利偏远地区旅行的见闻，旅途中漫步于荒芜的林苑和墓地，思考生死与自然。2022 年最新出版的小说《龙波》（*Rombo*）以 1976 年意大利北部发生的两场大地震为题材，记录自然灾难如何写入人类记忆，尚未出版便获得了 W.G. 赛尔巴德文学奖，受到很多关注。

金斯基 2020 年发表的诗集《板岩》，是以苏格兰西海岸的板岩群岛（Slate Islands）为主要场景的诗集。18世纪中叶工业化时期，板岩群岛丰富的板岩矿藏经大规模开采，出口至世界各地，直到被1881年的一场海啸淹没。当20世纪初陶土瓦取代板岩成为房屋顶建材的首选，群岛上的采石场也就永久关闭。

诗集《板岩》由三部分组成：每个部分各自独立又相互关联："深层时间"（Deep Time）"37个声音""文字小兽"。这三部分犹如教堂祭坛上的三联画，讨论时间、记忆与存在的主题。其核心是第二部分"37个声音"。这37个声音构成了37联四行诗，拟写了板岩群岛当地学校的36个孩子和一位为他们拍摄合影的摄影师的对话。摄影师叮嘱孩子们不要乱动，否则就会像板岩一样，而有个孩子发现，看起来像板岩的是乖乖站好的人。人与岩石的界限重要么？照片作为人类记忆的承载媒体，也与茫茫时空中一块黑色板岩无异，后者承载着地球的记忆。《板岩》的第一部分"深层时间"，其题目来自18世纪苏格兰地质学家、现代地质学之父詹姆斯·霍顿所创的概念。18世纪下半叶，地质学家划分了地质时期。与四十六亿年的地球历史相比，与板岩形成的"深层时间"相比，人类的历史微不足道。在第三部分"文字小兽"中，人类的传统抒情主体性再次退居幕后，以岩石、动植物为主角。《板岩》对人、地形和乡村的细致观察和描写，混杂了诸多外文和专有名词，标点符号和名词首字母小写，以及副文本的加入，写作风格充满实验性和陌异感。板岩构成了人类记忆的平行隐喻。与沉积岩板岩一样，人类记忆的形成也是层层堆叠和变化更新的过程，在外界影响下，极具不稳定性。而每一次回忆、每一次写作都犹如采石，剥去沉积的岩片，将深层的地球记忆重现于世。

3.3 十四行诗与俳句：德语当代诗歌中的东西方诗艺传统

对于诗歌形式传统的关注，也是当代德语诗坛中令人关注的发展趋势。源自古典传统的哀歌、颂诗和赞诗，源自罗曼语传统的十四行诗，以及古老的叙事说唱诗等等在德语当代诗坛都有新的发展。值得注意的是，源自阿拉伯、波斯、印度和远东的诗歌传统早在浪漫主义时期就引起德国精英文人的关注，并被借鉴吸纳入自己的作品中，最有影响力的作品当数歌德的《西东合集》，其灵感来自当时由东方学者译介入德语的波斯诗人哈菲兹。歌德不仅将哈菲兹视为精神上的知己，也在形式上仿写阿拉伯抒情诗体加塞尔（Ghasel）诗。在19世纪末和20世纪初的德语现代主义诗歌中，来自远东的诗歌传统又一次引发了德语诗人的关注，尤其是日本的俳句，以其短小灵动，适宜表现刹那间的意念和感觉，契合印象主义流派的艺术主旨，里尔克有三首俳句留世。从战后五六十年代起，德语诗坛再度掀起俳句热。

在新近出版的德语诗集中，有两本诗集特别能够代表当代德语诗人对于东西方诗艺传统的沿袭和创新。其一是时年九十五岁的老诗人欧根 · 宫沐灵格（Eugen Gomringer，1925—）2020年出版的《十四行诗中的世界》（*welt im sonett*. sämtliche sonette 2008—2019，edition signathur）；其二是瑞士伯尔尼诗人弗朗茨 · 多德尔（Franz Dodel，1949—）的《野狐禅。一首无尽的俳句》（*Nicht bei Trost*. *A never ending Haiku*. Edition Korrespondenzen）。

宫沐灵格1925年出生于玻利维亚，成长与生活在瑞士，是战后著名的装置艺术家和诗人。1953年出版的诗集《装置、装置、装置》（*Konstellationen，constellations，constelaciones*）被视为具象诗派（Konkrete Poesie）的开端，2000年在巴伐利亚成立了建构艺术和具象诗研究所（IKKP）。在诗人漫长的创作生涯中，始终致力于实现一种诗歌的视觉化，即“具象化”。十四行诗是源于中世纪意大利宫廷的古老诗体，有严格的行数和韵律规定，在西欧文学中有悠久丰富的传统，从彼特拉克、莎士比亚、格吕菲乌斯、歌德到普希金都有佳作传世。宫沐灵格早年也用具象诗的方式写过十四行诗。从2008年春开始，诗人在耄耋之年重拾这一古老严谨的诗歌传统，完成了百余首十四行诗，之前有诗集单行本出版。2020年，值诗人九十五岁寿诞之际，将这二十年的十四行诗，收集成全集，命名为《十四行诗中的世界》。老诗人的新探索是一种自传性的写作，记录了他与夫人的爱情和日常，与艺术家朋友的交往和与世界各地城市的相遇。宫沐灵格在《诗集》中自序：“它们是我写给夫人诺特如德（Nortrud）的致谢，是我早年装置艺术创作的延续，是我生活世界的记录，是艺术与文学的链接。这是“具象”（Konkret）概念从创作生涯开始时就对我的启示。”而对于宫沐灵格而言，十四行诗的严谨格律并不是一种约束，他表示：“抑扬格是一种舒适的表达方式，每天能写一首。”而在写作十四行诗的时候，他“想到了熙笃会修士简单禁欲的生活方式，修院简朴的长廊，没有多余的装饰。”宫沐灵格对于十四行诗的重新使用，显示出这一古老诗体的生命力和对于当代生活的敞开性。

出生于1949年的瑞士伯尔尼人弗朗茨·多德尔比宫沐灵格小一辈，但也已年逾古稀。他是位名不见经传的诗坛隐士、默默无闻的耕耘者，1995年获得神学博士学位，早年担任过中学教师、图书馆员等职务。严格来说，他的诗歌作品只有一部，而且尚未完成。2002年起，他在个人网站上https://www.franzdodel.ch发表“一首无尽的俳句”，每日更新，仿照日式三行俳句的字数要求，但又打破了俳句的完整格式，按5—7—5—7……的德语音节数来创作，每写完六千行，就出版一本纸质本诗集，迄今已经出版六本，由瑞士出版社（Edition Korrespondenzen）出版。其装帧排版别具一格，右页为诗行，左页为素描插画和详细的注解。诗集三次获得过伯尔尼州文学奖，其装帧设计也获得过奥地利和瑞士“最美图书奖”。如同织物，多德尔的“无尽的俳句”是诗人的自然感知、哲学思考、宗教内省，从经典的诗文到记忆的碎片，是一种普鲁斯特式的意识流，但并非是所谓的无意识的“自动写作”（Ècriture automatique）。因为俳句的形式，要求诗人对日常体验、阅读与思考进行的一种诗意与哲学的过滤和塑形。日本俳句的结构精巧，尤以擅长捕捉“刹那”瞬间的感触而著称。但吊诡的是，文本所能保留的只是“刹那”的文字拟形，而非“刹那”本身。所以，在诗集朴素的黑色皮质封面上，留下了一行手写体的隽语：“文本里存在的，已经不是其间发生的。”（Was im Text steht ist nicht was darin vorkommt.），提醒读者，莫要执着文字，而要透过文字去体悟世界的本质。所以，多德尔无穷无尽的俳句书写是一种精神修炼，他自嘲为“野狐禅”（Nicht bei Trost，原意为不着边际、胡言乱语）。他的自我解读也颇有哲学意味，几近禅意：“对于文本的写作和阅读就是（这项工作的）全部意义所在，写作和阅读尽管无法洞察本质，但是本质就在其中。”刹那即是永恒，现象即是本质，在这一点上，东西方的智者心有戚戚焉，歌德在《浮士德》终场的“神秘和歌”（Chorus Mysticus）中就已告诉众人：“一切转瞬即逝物，无非上帝之寓象。一切无法洞察意，芸芸世间中显相。”（Alles Vergängliche//Ist nur ein Gleichnis；//Das Unzulängliche，//Hier wirds Ereignis.）

新一届编委会座谈纪要

[**编者按**]《当代国际诗坛》新一届编委会于2022年5月14日下午以线上会议形式举行首次座谈会，二十余位编委出席会议，就《当代国际诗坛》的办刊理念、编辑方式和具体选题等畅所欲言，我们特将座谈会纪要刊于此，并向各位编委表示感谢！

刘文飞：各位亲爱的编委，大家好！非常感谢大家牺牲周末的时间来参加我们这个会。我们召开这次编委会实际上就一个事情：宣布《当代国际诗坛》的复刊。复刊就是复活，这已经是我们这份刊物的第二次复活了，或者说是第三次诞生。这本命运多舛的刊物一路走过几十年，几乎是跟中国改革开放的整个过程同步的。这一次复刊以后，刊物应该怎么办，刊物的风格是什么样的，开设哪些栏目，诸如此类的问题都希望大家献计献策。最重要的是希望大家多给我们投稿。我们这次的编委会稍有增补。最近一些年，有些编委已经离开了我们，比如张枣和胡续冬。我们也借这个机会向他们表示沉重的悼念，希望他们两人在天堂上也可以继续写诗、读诗、翻译诗！我们这次增补的编委，有资深的诗歌翻译家，也有几位年轻的编委，比如首都师大的张桃洲老师和王广生老师，社科院外文所的戴潍娜老师，北大的胡蔚老师，他们都很年轻，也都有写诗和翻译诗的经验，都出过诗集，他们之后可能还要承担更多具体的编辑任务。这次复刊还得到了两个单位的支持：一个是中国诗歌学会，也是我们的主办单位之一；一个是首都师范大学外国语学院，首都师大也成立了一个外国诗歌研究中心，《当代国际诗坛》编辑部现在就挂靠在我们的外国诗歌研究中心下面。今天会议的第一项议程，就是请两家主办单位的负责人来给我们说几句话。首先有请中国诗歌学会的负责人王山老师。

王山：无论疫情如何发展，生活总是要继续，工作也是要继续。如果只关注抗疫这一件事，我们的生命就没有意义了。从这个角度来说，今天这个会太及时、太必要了。现在生活的很多方面，包括社会的氛围都发生了一些变化，但越是在这种情况下，我们越要坚定不移地坚持改革开放，越是要抱着对改革开放的坚定信心并付诸实际的行动，包括文化上的互通有无，坚持沟通和交流。中国诗歌学会将坚定地支持《当代国际诗坛》，希望这份刊物更紧密地融入当代中国的诗歌生活。

王宗琥：去年6月26日，我们首都师大成立了外国诗歌研究中心，现在我们又开始做《当代国际诗坛》复刊的工作。首都师范大学对我们外国诗歌中心是非常支持的，包括资金和政策两方面的支持，学校给予了外国诗歌研究中心举办各项活动的资金，另外专门还有一笔经费用来支持《当代国际诗坛》刊物的运作。在这里要特别感谢刘老师，他在我们成立外国诗歌研究中心的时候就已经计划要有这样一个发表、交流的平台，他想到了当年晓渡老师和西川老师办的《当代国际诗坛》，希望这个刊物能够加盟到我们外国诗歌研究中心里来。我在这里也要特别感谢晓渡老师和西川老师，他们对我们外国诗歌中心来做这个期刊给予了非常积极的回应和支持。同时非常感谢中国诗歌学会的王山老师。去年，我们专门就《当代国际诗坛》的合作进行了一次会谈。我特别感谢大家的支持，让《当代国际诗坛》能更好地把我们外国诗歌研究中心所做出的各项成果及时发布和宣传出去，同时也借助这个刊物来增加我们外国诗歌研究中心的实力和影响力。最后我还想感谢所有的编委，包括我们两位执行副主编广生老师和潍娜女士。我们外院肯定会全方位地支持《当代国际诗坛》的各项工作！在这样一个时代，一方面是战争，一方面是疫情。阿多诺曾经说过，在奥斯维辛之后写诗是野蛮的；但是，在这样一个疫情的时代和战争肆虐的时代，写诗恰恰是必然的和必须的，不论战争还是疫情都在消灭人性，而诗恰恰是在恢复我们的人性。剑钊老师在疫情期间写的十几首诗都是在直面现实，直面我们现在这种缺乏人性的状态，黑暗的状态，这也说明了诗歌在这个时代的意义和价值。最后希望各位老师积极投稿，让我们一起把《当代国际诗坛》办好。

刘文飞：谢谢王山老师，谢谢宗琥院长，谢谢两家主办单位负责人的发言！下面我们就进入到编委的自由发言阶段。首先，我们还是先请刊物之前的两位主编，也就是为这份刊物的“续命”做出历史性贡献的两位主编晓渡老师和西川老师说几句话。先请晓渡老师说。

唐晓渡：从2006年开始筹备《当代国际诗坛》，到2007年出刊，直到2019年，一共出了九期十卷。《当代国际诗坛》最了不起的地方，就是有一个非常强大而坚韧的编委会。我们的编委同时也都是翻译家，都是撰稿人，彼此间都有很好的情谊，有精神上的纽带，大家是紧密联系在一起的，所以我也趁这个机会向各位朋友，首先向老编委们表示感谢。感谢首师大外语学院，感谢首师大外国诗歌研究中心，通过文飞兄与我们几次商谈，现在最终能落在这个地方。《当代国际诗坛》能以中国当代诗歌应该有的面貌继续存在下去，我相信这会是一个特别可靠的平台。首先资金能有保障，这是最重要的。其次我们有这么多朋友，还有新朋友的加入，新生力量，新的血液注入，肯定会有一个预期的前景。除了感谢以外，我今天想利用这个机会，朗读创刊号卷首语的一部分，表达一种薪火相传的意思。

> 历经大半年的筹备，《当代国际诗坛》终于和读者见面了。当然，这只是一本书，一份出版物，但我们的期待还是要求一个更有色彩的比喻，例如一次精神的飨宴，或者一个作为阅读事件的诗歌节日。
>
> 是的，一个作为阅读事件的诗歌节日，一个属于你的、我的、我们大家共同的节日。
>
> 说到“节日”，我曾在“2006年帕米尔诗歌之旅”开幕式的致辞中表达过如下的认识：“这将不仅仅是一个小小的诗歌节日，也是有关诗歌存在于当今世界及其存在方式的一个小小象征。它表明，在这个处于急剧变化中，且

被形形色色的冲突以至战争的阴云所笼罩、所困扰的世界上，一种超越国家、民族和文明模式的藩篱，直接诉诸人类心灵的对话不仅必要，而且可能；而与以经济利益为支点，谋求份额和霸权为核心的市场全球化相平行，还存在另一种‘全球化’，那是我们自己的全球化，是自伟大的歌德于近两个世纪前提出‘世界文学’这一划时代的概念以来不断加速、日见清晰的有关人类生存与心灵处境的解读和揭示的全球化，是有关个体生命的激情、梦想、良知、智慧，有关语言边界的追问和探索，以及与此相关的传播、交往和交流方式的全球化。在某种意义上，正是这样一种全球化的进程孕育、催生了中国的‘新诗’及现代诗，并深刻影响了其近一个世纪来的发展，也正是因为置身同一的历史进程，我们才会在这里相聚。”

我相信，使各国诗人相聚在一起的理由，也是我们和读者通过《当代国际诗坛》相聚的理由，正如是我们之所以要创办这份刊物的理由一样。

熟悉20世纪80年代诗歌盛况的读者，或许会由《当代国际诗坛》而勾起对《国际诗坛》《现代世界诗坛》的历史记忆。这两份分别创办于1987和1988年的姐妹刊物都以译介国外现代诗为己任，尽管存在的时间都不够长，出版的期数都不够多，却因及时呼应了当代诗歌发展的需要，提供了强有力的参照，并发挥了非常的催化和启示作用而影响卓著。令人遗憾的是，自90年代初至今，整整一代人的时间内，国内再也没有出现过类似的专门诗刊。这种局面相对于同一时期内中国当代诗歌的日臻成熟，相对于他需要不断以“他者”为镜像，不断根据二者关系的变化而重新发现和辨认自身，并不断在彼此汲取活力和能量的过程中重新确立自身的内在要求，不能不说极不对称。我们希望《当代国际诗坛》的创刊能为改善这样的局面略尽绵薄之力；同时也希望借此机会，拂去岁月的尘封，向当年排除万难，一手创办了上述两份刊物的老诗人彭燕郊先生致敬！向新诗有史以来，一直以薪火相传的方式，孜孜于中外诗歌交流的几代诗人、翻译家致敬！你们工作的价值，无论怎么估计都不会过分。

当代。国际。丰富。高端。一个开放的、全视野的多向互动平台，以服务于中国当代诗歌的繁荣和发展——这是认知《当代国际诗坛》的一系列关键词，也是我们的职责所在和努力方向。近三十年来中国当代诗歌的长足发展使我们底气沛然。有一批优秀的诗人、翻译家和诗歌学者组成的编委会（一个强有力的工作班子，而不是一个名誉集体）使我们信心倍增。

西川：做外国诗歌，而且是当代诗歌，这个刊物跟其他刊物很大的一个不同，就是它的信息量非常大。当然，像《世界文学》或者是其他杂志里也会有一些信息，但是关于当代世界诗歌的信息这本杂志提供了很多，非常值得一读。不论是世界上的情况，还是大家对文学的认识，都已经处在一个强烈波动的状态。这个杂志如果能够继续提供信息，它的功劳会非常大。这几年我一直保持跟世界各种文学信息、文化信息的同步状态。非常荣幸能够跟大家一块工作，因为相对于和诗人们在一块工作，我觉得跟做翻译的朋友们、做研究的朋友们一起工作更加愉快，更有意思。

刘文飞：谢谢晓渡和西川两位主编的发言。现在我们有请北京大学赵振江老师发言。赵老师刚刚获得了中国翻译家协会的翻译文化终身成就奖，我们也就这个机会向赵老师表示热烈的祝贺！

赵振江：谢谢文飞，谢谢大家！过了这么长时间，我们《当代国际诗坛》复刊是一件很不容易的事情。今天我能看到这些新老朋友的面孔也很高兴。虽然已经耄耋之年了，但是我很愿意跟大家伙儿一块交流，现在也表个态，在任期内做我力所能及的事情。

刘文飞：谢谢赵老师！我们下面就按照线上会议屏幕上各位头像的排列位置为序来依次发言吧。先请欧阳江河先生。

欧阳江河：我一直没有把翻译只当成是一个纯专业意义上的关注角度。我一直在关注和考虑翻译的可能性，翻译对文明的塑造，在对语言诗歌的推进上所扮演的角色。从法语来看，20 世纪的法语除了有我们现在习惯的例如波德莱尔、马拉美优美的法语，亨利·米肖有点先锋的法语，还有圣－琼·佩斯的法语，他的法语最早是从港台语翻译过来的。后来我们又读到叶汝琏的译本，葛雷的译本，就会感觉到存在不同的法语。语言发展到现在，回过头再看更古老的诗歌的时候就会发现，刘皓明带进来的不是单纯的诗歌翻译，而是带有研究性质的翻译。这是一种完全不同的、我们不习惯的方法。这种翻译法进入翻译界以后，对正在写作的诗人的刺激启示和提供的参照能力的作用可能更大一些。中国作为一个大国，汉语作为一个大的语言，我们是有大诗歌的。翻译能给母语提供各种各样的内容，否则所有人都采用同样一种写法，同一种政治正确的价值观，那么文明的偏执、残酷，还有死亡的元素等等，就离我们而去了。现在诗歌有可能越写越长，在这种意义上，我们还得借助翻译来破局。把带有研究性质的，跟当下诗歌的流行语调、修辞法、构词法、价值观还有趣味等不一样的东西通过翻译带入进来。《当代国际诗坛》可以通过某个栏目，借助一个持续性的平台带入一些异己的东西，带入跟我们现在流行的写法、趣味、价值观不一样的东西。诗歌本来就应该是突破性的，而现在我们把它变成一个收缩的东西，好像只有出口没有入口。除了翻译以外，更重要的是已经翻译过的作品。比如说荷尔德林，刘皓明翻译的荷尔德林与其他人翻译的完全不同，但是他们的译文区别体现在中文意义上，那么能否把这种汉语意义上的不一样表达出来呢？提供一些异己的、不流行的、具有研究性质的，而不是中产阶级式优美平滑的感觉的形象，因为诗歌肯定有这种东西，而现代汉语一定也需要。

树才：很高兴《当代国际诗坛》复活了，复活是我这天的最大感受。《当代国际诗坛》目前具备特别好的外围性支持。汉语诗歌，或者整个的诗歌探索，整个中国人的人性，都面临着某种开放挑战。四十多年来我们最好的成果，就是好不容易把守旧的、闭关的东西给打开了。我的注意力更多偏向现在，翻译在跨语言的这样一个范畴里，有各种各样的译者加入，不同时期的语言加入，这个过程中究竟发生了什么？《当代国际诗坛》需要翻译，即前沿性的、信息性的翻译，这正是这本刊物的基本盘，往纵深一点走，就是对翻译本身展开研究。刚才的话题实际上都是围绕翻译的过程以及翻译完毕以后，它在艺术语言里的蔓延和接受。现代最新的哲学状态也倾向于这样一种坚信的东西，翻译最好地表达了一种作者和译者之间的东西，语言学转向这样的哲学思路以后慢慢会变为中介转向。像哈曼这样的年轻哲学家已经在谈论一切都是阐释，一切都是翻译，这是可以关注的最新的哲学思潮。《当代国际诗坛》除了介绍最新锐、最深厚的诗歌，同时应该对翻译本身展开研究。有很多翻译文本的机理，但是在把翻译文本、翻译过程作为一种文化和思想积淀这一方面，我们积累得很少，尤其是当代最前沿的领域，很可能是一个新的哲学场所。在中国语境里，诗歌翻译或者整个文学翻译，本身的批评非常难以展开。我对1945年以来法国的当代诗歌做了一个梳理，这也开启了我的另外一本书。我想向王佐良先生学习，慢慢以自己的眼光理出一个类似他的《英国诗史》的《法国诗史》。《当代国际诗坛》对我是一个很好的提醒，也是一个推动。希望对翻译本身展开研究，把翻译学作为真正意义上的一种思想资源，这样才能做到在开放的姿态下一直去拥抱外语的作品，最终能够刺激当代汉语语境里的诗歌拥有新的活力，不去守旧，不去守陈，用一种疯狂的姿态去开拓。刚才讲到法国诗歌的一些声音，也许有一些声音我们介绍得比较少，也比较弱，比如类似阿尔托一直处于癫狂状态的诗歌，难以介绍，但不能畏难，还是应该把法语诗歌里最难的、对汉语当代诗歌或者汉语诗人最有刺激性的作品介绍过来。

傅浩：最早是彭燕郊先生做的一个以书代刊的出版物，叫《国际诗坛》，后来变成《当代国际诗坛》。那么这个刊物的范围是什么？当代是从什么时候算？我们那个时候，当代文学史一般指二战以后，现在二战离我们快一百年了，“当代”的时限是一个问题。我最近刚出了一本《叶芝诗集》，是既有翻译也有学术解读的做法。如果这些内容能涵盖进去，可以摘录一些到刊物上。“当代”是仅限于在世的诗人，还是包括已经去世的诗人，他的作品从什么时候算？是一九四五年以后出生的还是一九四五年之前？一九四五年以前出生的，但是创作年代可能跨越到一九四五年以后的诗人，是否包含在内？这是一个问题。

刘文飞：我跟晓渡商量过这个问题，我们的个人意见是，《当代国际诗坛》中的“当代”二字，既指当下的外国诗歌创作和诗歌生活，也指我们关于外国诗歌的当下阅读和当代阐释。克罗齐说过：一切历史都是当代史。我们也可以说：一切外国诗歌都是当代诗歌。换句话说，我们这份刊物是向整个外国诗歌的历史和现状开放的。在这个意义上，我觉得傅浩老师现在这本《叶芝诗集》中的相关内容完全可以拿出来。“当代”绝不仅限于我们所处的当代时空，我们国际上所说的contemporary，基本上是指21世纪了，而不是从二战以后算起，我们如果只做这个时间概念上的“当代”，范围会很窄，可选的译介对象只有最近二三十年的外国诗歌，当代诗歌的版权问题也会非常麻烦。

宋琳：我作为写作者，从《当代国际诗坛》这本刊物中也很受益，从20世纪80年代开始就受益于外国文学的翻译，尤其是现代主义诗歌的译介。我的个人写作经历伴随着国外现代主义，主要是对现代主义诗歌的阅读。我们从事的翻译工作虽然主要是诗歌译介，但实际上诗歌是一种文化，在很多具体的译文中能体现一些关键性的东西，因此，可以开设一个栏目专门来讨论翻译学的问题，更应该翻译西方德里达这一代学者的东西。这已经成为一种显学，翻译学在西方的地位可能跟哲学方面的语言学转向有关，跟所谓多元主义文化、新的国际主义等等应该都有关联。借助文飞兄的努力和首师大的资源将这个刊物重新办起来是太好了。编委都是不同语言、不同领域里面的专家，专家们的协作或许能带来新的信息，带来生机，给读者们带来新的启示。刚才大家也谈到其他的翻译刊物，但是《当代国际诗坛》的编委构成还是有其特别之处。翻译的意义和翻译的主体性在这个刊物中能得到一定的体现，因为编委作为译者、学者，同时还有很多是诗人，这种特别的组成应该会更加敏锐。刚才说到不一定局限于当代，我们还可以在过去曾经遇见过或者甚至于还没有被发现的那些诗人中间去寻找新的译文，我们应该具备更整体的文化视野。

戴潍娜：我提供一个比较具体的选题。刚才各位老师都已经提到要加强这本刊物的学术性，《当代国际诗坛》可以具有一种文献综述的价值，比如说在一本当中全面呈现某一位诗人或者某一个流派的全貌以及它的周边，还可以以《当代国际诗坛》自己的标准去甄选出我们认为最权威的、最有代表性的翻译和研究。顺着这个思路我就想到一个选题——英语俳句，俳句作为一种东方诗体，被英语诗歌吸收已经有近百年的历史了，而且俳句在英语世界里一直是一个很热烈的现象，但是到目前为止，国内关于英语俳句的专题研究基本上是零，是一个空白。跟英语俳句火热的景象相比，英语俳句的研究处于一个非常滞后的状况。这个专题可以从几个方面去打造，一方面就是从意象派诗人开始，包括庞德、洛威尔、威廉斯等一系列意象派主将，他们都写过很多英语俳句，包括当时在巴黎的乔伊斯也积极投身到英语俳句的写作当中，把这个诗体第一次推向了英语写作中的一个高峰。从意象派对俳句的形似而神不似的模仿，到之后垮掉派对他们神似而形不似的模仿有一个渐变的过程。在作品的翻译上可以呈现出英语俳句的发展历程，从意象派这些诗人们的英语俳句的写作到金斯堡、凯鲁亚克的创作，他们把西方英语俳句创造式的写作都完整地呈现出来。作品的呈现是一个方面，基于我们希望这本刊物更加学术性的文化建设信心，可以筛选出英语俳句刊物当中具有代表性的研究文章，这样能够看到在西方诗学理论当中它是如何被吸收被变形，最终被吸入到英语诗歌当中的。除了理论研究方面，还可以介入一些现场，比如说俳句的团体，例如美国第一个非正式俳句讨论小组在1966年出版了他们的作品集，1990年英国的俳句协会成立，可以对这些俳句团体做一个整体面貌的梳理。作为一个已经非常火热但是始终处于研究空白的领域，《当代国际诗坛》可以以一个专题的形式给它一个完整的呈现，但现在没有人专门在做这方面的研究，我们需要去组织一些更年轻的译者按照专题的设计来提供新的翻译。《当代国际诗坛》这本杂志应当不仅承担甄选的作用，而且有一定的文化建设的主动性在其中。

刘文飞：潍娜的这个建议很好，也就是做有学术性的专辑。苏联时期列宁格勒有一本刊物叫《星》，它实际上是一个大型文学期刊，解体前后，这本刊物有一期突然用了2/3的篇幅发表跟布罗茨基有关系的研究文章，结果这一期刊物就变成了世界范围里研究布罗茨基的人必须要收藏的一本书。我们也可以做这样的专辑，比如说策兰专辑，某一期我们或许可以辟出一半的篇幅集中介绍策兰，不仅是他的诗，还有各个国家学者对于策兰的评论和研究。这样的一期刊物应该能受到关注。

汪剑钊：在20世纪80年代的时候，外国诗歌一方面像荒原，另外一方面恰好也是可耕的处女地。那个时候好像除了《国际诗坛》以外，还有人民文学出版社编的一个不定期的刊物，叫《外国诗》，上海译文出版社也出过类似的刊物。只要涉及到外国诗，不论古典的还是现代的，这些刊物都吸收进去，似乎缺乏一些计划性。后来，他们也逐渐有意识地进行一些专题性的译介工作。《当代国际诗坛》每一期还是应该有主题的，这种有主题的设计就正好呼应了刚才所谈论的刊物的学术性问题。一旦有设计了，可研究的东西，给后人留下来的东西就可能会更多一些。这次这个刊物重组队伍，中间又有像赵老师这样的前辈带领，还有像滩娜这样年轻一代的翻译家加入，这就是一支承前启后的队伍。作为一个传承性的刊物，还需要总结老一辈翻译家的翻译经验，翻译理论。老一代的翻译家越来越少了，通过一些访谈，或者对他们的翻译艺术的研究，也应该是我们刊物需要关注的，因为他们是很宝贵的一笔财富。我自己从事诗歌翻译甚至写作，也是从阅读他们的译作开始的。刚才提到翻译如何为中国现代诗的写作服务的问题。在翻译界通常有两派，一派是归化，一派是异化。归化派通常更多采用中文的习惯用法，有时候读到一首歌德的译诗，我们感觉到不是歌德，而更像杜甫。我们不需要另一个杜甫，我们需要的是歌德，是策兰，是布罗茨基。从某种意义上来说，在译诗的过程中强调它的异化性可能会更有意义。当然其中也有个度，不能完全脱离中文的接受习惯，生搬硬套也不行。我倾向于异化，同时照顾到一定程度的归化，但需要在这个度中间做出一个选择。翻译队伍确实存在青黄不接的问题，年轻一代受到的冲击很大，诱惑也很多。我们这个刊物可以考虑给年轻人留一个园地，组织一些大赛性的活动吸引学外语的，同时对文学、对诗歌有兴趣的年轻人，最初的作品就能够获奖和发表，绝对是有鼓励作用的。这种鼓励对一个成熟的翻译家或者诗人来说意义不大，但是对年轻人肯定是有帮助的。让这个刊物为培养诗歌翻译的后继人才做一些工作，也是很有意义的。我们一直在反对欧美中心主义，但事实上欧美中心主义好像无处不在。非欧美语言作品的译介确实不够，这并非因为没有好的作品。我相信任何一个国家、任何一种语言都有可能产生好的作品，但这些作品缺乏展示的机会，我们也缺乏发现它们的动力或机会。我认为还是需要把一部分精力放在平常可能忽略的、一些相对弱小的民族和语言的诗歌上。当然，前提是作品一定是过关的，艺术性应该是做这份杂志的很重要的标准，否则一个偏远民族的诗歌也可能只是口号性质的作品，没有太大价值。发掘那些可能被我们忽略的语言中间具有艺术性的诗歌，可能是下一步我们应该做的工作。

刘文飞：可以考虑设置一个与老一代诗歌翻译家相关的栏目，刊出对他们的访谈，尤其在他基本上已经盖棺定论的时候。晓渡说他做过叶维廉的访谈，访谈后一个月叶老就去世了。等疫情缓和一点的时候，请剑钊去跟飞白老师做一次访谈。晓渡刚才说，这个栏目的名字不妨就叫“留住”。给一位老诗歌翻译家做一个全面的访谈，同时附上他的经典译诗，我想这会很有纪念意义的。

张桃洲：《当代国际诗坛》的当下性非常强，非常敏感活跃，离我们很近的一些国外诗人的作品很迅速地被翻译过来，既有一些所谓主流的欧美诗人的翻译作品，也有一些不太常见的比较边缘的诗人作品，有针对某一个诗人的专题讨论，还有一些与流派相关的话题性栏目。复刊以后，由文飞兄领衔的外国诗歌研究中心来主编，希望能将古今的外国好诗一网打尽。《当代国际诗坛》复刊的时机非常微妙，大家也都很能够深切感知到我们现在处境的复杂。我想到一个重要的问题，就是刊物的定位问题。作为一本关注国外诗歌创作和理论的刊物，语言是一方面。毫无疑问，现代汉语一直受到翻译诗歌的推动补充，但另一方面，从思想的角度来说，尽管这是在学院里面办的刊物，但它不是一个象牙塔式的、封闭的阵地，不是局促的一个空间。不管是经典的诗人，还是当下非常活跃的诗人，我们要考虑到的不仅是语言产生的摩擦，还有思想观念的摩擦。这个刊物不是静态的，只展示作品、理论和话题的文字阵地，我们还应该通过这本刊物进行和当下语境、生存环境的潜在对话。怎么借助别人的思想观念来探讨我们自己所处的时代语境，来深入反思我们自己的时代，这也是在翻译过程中需要做的事。刚才提到诗歌翻译、诗歌研究的梯队问题，这个刊物的确也有培养新锐译者的任务，让后备力量慢慢成长起来也是刊物的责任。

胡蔚：我是作为一个读者认识这本刊物的，因为当代的德语诗歌翻译其实比较零散，一些大诗人如里尔克、荷尔德林、策兰等会有一些译本，但是对当代德语诗坛的概况式的了解相对较少。文飞老师邀请我来编《德语名诗 100 首》，我想把它作为教材来编写，会做一些比较详细的注解，在编写这本诗集的时候可能更强调系统性、历史性，比方说我会把马丁·路德的《众赞歌》放进来，因为它是 16 世纪非常重要的一种诗歌体裁。我会根据诗歌史的发展脉络梳理每个历史时期十四行诗的传统，因为一首诗首先是一种历史现象，把诗歌题材的历史搞清楚，这对于理解诗歌来说是不可或缺的。北京的歌德学院给我寄了三十本 2021 年新出的诗集，我们借机组织翻译工作坊，邀请译者和诗人本人，选择一些有代表性的新诗，进行翻译问题的讨论，再对最新的德语诗坛的情况进行介绍。这三十本诗集里包括已经成名的诗人，例如 2009 年的诺贝尔文学奖的获得者赫塔·米勒，她给我们提供了一本新的粘贴诗。也有一些 90 后诗人。这三十本诗集体现了当代德语诗坛的最新动态和他们关注的主题，有些主题也可以在我们刊物中作为一个专题来呈现。还有很多当代诗人跟画家合作，展现诗歌与绘画的互动关系。值得关注的还有更广阔的影像领域，比方说诗歌与电影，诗歌与音乐，诗歌与表演，诗歌与小说。有一本诗集是以光碟的多元多媒体方式去呈现诗歌的，这是德国 20 世纪以来就一直采用的方式。诗歌如果只有文字，在这个图像的时代里相对是不太好接受的，受众太少，也太有局限性。我们应当思考的是疫情和战争时代中诗歌的价值和意义。布莱希特 1956 年去世，他在很长一段时间都没有很好的译本，前几年黄灿然老师翻译出来了，我们在2021年突然发现了他的价值和意义。在此之前的一个漫长的空白期里，都没有人关注布莱希特，但他现在又具有现实性了。诗歌是不朽的，诗歌的文字是不朽的。

高兴：欧阳江河老师说到翻译对汉语的冲击问题，《世界文学》的前身《译文》创办者鲁迅先生当时主张直译，他的初衷就是用一种异质来给古老的汉语注入活力。我们现在是延续着前辈们的传统在做《当代国际诗坛》。20世纪八九十年代诗歌译介更多地是给中国的读者们提供营养，但是现在要具备研究的学术性，做到对话和呼应。现在翻译外国诗人的作品，中国诗人本身和诗人的呼应和对话都要有所体现。中国诗人怎么看外国诗人，在杂志中体现出来的对话和呼应，对读者也是一种启发。我们的编委具备两种身份，诗人和译者，有的是两种身份兼具，这两种身份都可以充分发掘出来。东欧诗歌翻译其实也体现出了小语种翻译目前的一种尴尬，主要体现为译者的问题。读一首译诗既是在读诗人，更是在读译者。有一些东欧的重要诗人的作品，译者们反而主要从英语或法语来进行转译，即便如此也产生了一定的影响。比如说扎加耶夫斯基，就是李以亮从英文翻译过来的。转译的一个最大的问题，就是可能会省略或者丢掉很多异质性的东西。刊物栏目的设置可以有诗歌随笔，还有诗人评诗人，诗人和诗人的对话。每个语种中都有一些因各种原因被忽略或者被压制的诗人，继续挖掘是特别有意义的。在18、19世纪都有一些被重新意识到价值的诗人，我们可以重新打量这些诗人，重新看到他们的价值，让他们重新闪烁出应有的光芒。

田原：两三年前我翻译过一本芭蕉的俳句选，去年编了《历代俳句选》。其中有西方人写的俳句，被翻译成日语的当代西方诗人写的俳句，比如特朗斯特罗姆、博尔赫斯写的俳句，包括美国当代诗人写的俳句。中国的汉俳95%以上写得很唯美，而西方人写的俳句，不论用西班牙语、汉语、英语还是用法语写，都很有现代性。我在一篇文章中谈到为什么中国的汉俳这么唯美，大概跟中国人的接受有关，一般读者可能喜欢唯美的，但西方的是现代性的，翻译成日语之后就是一首典型的现代诗。因为语言不同，外语包括汉语无法用十七个音节来写一首俳句，而且俳句的规则比中国古诗要简单得多，这十七个音节也间接受到中国古诗的影响。日本对于古诗、古汉文化的崇拜和憧憬一直到明治维新，持续了大概有一千多年。明治维新是个分水岭，明治维新时期在日本谈到诗歌，“诗”这个概念不是现代诗，而是日本汉诗。日本的和歌、俳句都不是“诗”，被称为“诗”的只有日本汉诗。明治维新之后发生了根本性的转变，作家必须精通一门外语，必须能阅读原文，能用外语写作，比如说夏目漱石，还有其他的很多作家，他们都能写出漂亮的日本汉诗。这可能是全世界少有的一个文化现象，因为我们中日两国都拥有共同的汉字，这跟文化背景有关。“黑船事件”改变了日本的国家命运，1854 年日本签订《神奈川条约》。之后日本才诞生了第一本翻译诗集——《新体诗抄》。1905 年上田敏编译的《海潮音》是一本现代诗集，这本诗集对日本现代诗产生了很重要的影响。在这几本诗集的影响下，日本的现代诗歌对西方现代诗歌的接纳跟中国非常像，没有翻译就没有日本现代诗歌。1891 年日本出版的第一本诗剧——北村透谷的《蓬莱曲》，同年胡适出生，这是中国现代诗在时间上跟日本的差距。1897 年，日本出版了第一本近代浪漫抒情诗集是岛崎藤村的《若菜集》，这一年徐志摩出生，之后又出现了一个重要的象征主义诗人——萩原朔太郎，在大正时代出现过一个天才童谣诗人金子美铃。

回到俳句的话题。俳句的翻译难度极高，因为它把重要的、想表达的意思省略在了文字之外，就是余韵之中。我们很难解读出作者的表现意图，而且俳句并不是去表达意义的，意义是次要的，美感是第一位的。

王广生：诗人的意义可能就在于让母语免于在祖国的大地上流亡。诗的翻译在跨语际、跨文化、跨领域的场域中使我们的人性保持开放，扩展我们的存在向度和力度。这不仅属于我们汉语，不仅属于我们自身的命运，而是属于全球视野之下的人类的共同体命运。诗歌不仅有哲学性，还有宗教性，它在各方面都深刻联系在一起。诗歌是文学中的文学，而且可能在海德格尔的意义上是具有本质性的存在场所。在外国诗歌中心创建的时候，《当代国际诗坛》